Textbook 1

Year 1

國際文憑中學項目

語言與文學

Language and Literature

董寧 主編

繁體版 | Traditional Character Version

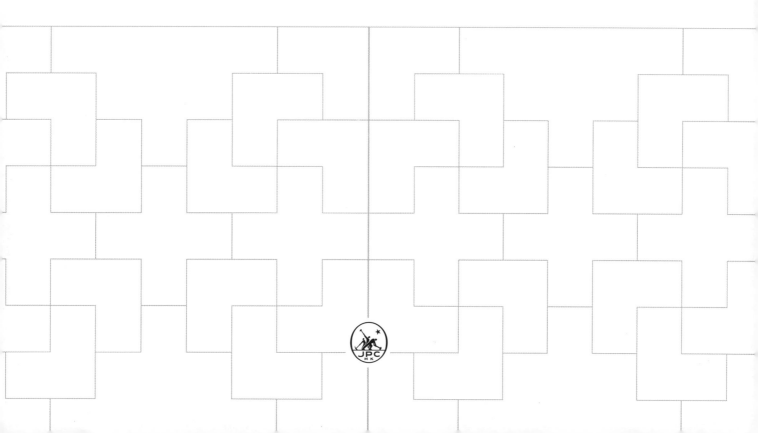

目錄

前言

本教材依照《IBMYP 語言與文學指南（2014 年 9 月 /2015 年 1 月啟用）》（下簡稱《指南》），專門為該課程的學生和教師編寫。本教材包括第一學年冊、第三學年冊和第五學年冊，分別對應 MYP 三個級別的評估標準，適合 MYP 1-5 年級的學習者使用。

本書特色

1. 規範的單元設計

以最能體現學科精髓的概念為核心，圍繞重要的思想觀點與相關概念組織單元教學。單元前設 MYP 五大要素（請見本書附贈電子資源），單元後附有自我反思。完整的單元學習，引導學生從理解課本知識入手，結合生活體驗掌握重要概念。

2. 明確的課目標題

改變以課文為中心的編排方式，突出學科知識與文體特點，為明確學生必須掌握的核心要義，提煉必須掌握的重點問題作為每課標題。圍繞重點問題組織課文講解，安排演練活動，保證單元教學概念突出、目標明確。

3. 均衡的課文選編

課文選編配合核心與相關概念，配合學科文體知識的理解掌握，配合創造與批判性思維能力的培養運用，配合交流溝通技巧的實際演練。選用符合真實生活、有助學以致用的多體裁文本，保證語言與文學教學相容並進。

4. 多元的教學實踐

涵蓋多元立體的教學內容，採用高科技多媒體教學手段，方便教師組織設計多樣的教學活動，滿足時代社會發展的需要，全方位培養學生的能力，提高學生的綜合素質。鼓勵學生利用各種媒介學用結合，提出問題、解決問題、有所創造。

使用建議

- 書中的單元順序可以靈活調換，老師們可根據實際教學情況和需要進行調整。

- 每個單元以概念和文體為核心，使用者可依據因材施教的原則更新或補充課文。

- 每個單元的學習一般為 8 到 10 周，使用者可根據各學校的時間安排延長或縮短。

- 老師在使用本教材進行教學與評估時，須以《指南》為參考。

本教材注重對學習者思維能力和學習方法的培養，促使學生在學習態度、專業知識、交流技能、創新發展、實際運用各方面得到訓練提高，為未來 DP 階段的學習打好基礎。

本冊書的編寫得到賴彥怡、黃晨和牛毅老師的傾力協助。本教材得以順利出版，特別感謝香港三聯書店總編輯侯明女士的鼎力支持，感謝編輯尚小萌、常家悅精益求精的專業指導，感謝編輯鄭海檳悉心周全的協力，也感謝為本教材進行過試講並提出寶貴意見的燕妮、鄒蕙蘭等老師們。

董寧

2018 年 6 月於香港

 本書附贈電子資源
請掃描二維碼或登錄網站下載：

chinesemadeeasy.com/download/ibmypal

單元一

詩關宇宙，情繫萬物

第一課　詩歌文體有哪些特點？

詩歌的書寫格式

？ 探究驅動

1. 什麼是詩歌？

2. 詩歌和其他文體相比有哪些不一樣的地方？

講解

詩歌最顯著的標誌是分行、分節排列。這樣的書寫格式也是詩歌最顯著的文體特點。

早期詩歌因為勞動生產的需要而誕生。在朗誦或吟唱時，分行表示較長的停頓。

中國古典格律詩，如五言律詩、七言律詩、五言絕句、七言絕句等，都有嚴格的書寫格式要求，詩歌的行數、每行的字數都有精確的規定。現代詩也採用分行、分節的書寫形式，只是比古典格律詩更加自由靈活。

作家名片

李白（701-762）　唐代著名詩人

李白，字太白，號青蓮居士，中國古代詩歌史上最偉大的浪漫主義詩人。李白被譽為「詩仙」，與「詩聖」杜甫合稱為「李杜」。代表作有《靜夜思》《望廬山瀑布》《蜀道難》《將進酒》等。

作品檔案

《靜夜思》借景傳情、直抒胸臆，語言平淡無華，感情深厚真摯。從月光如霜的夜晚畫境中，在詩人「舉頭」「低頭」的舉止間，可以感受到孑然一身、作客他鄉的遊子對故鄉深深的思念。

 **課文**

靜夜思

李白

床[1]前明月光，
疑[2]是地上霜。
舉頭[3]望明月，
低頭思故鄉。

[1] 床：一說為古代的一種坐具。另有解釋為通假字，通「窗」。
[2] 疑：好像。
[3] 舉頭：抬頭。

課文分析

《靜夜思》為五言絕句，每一行有五個字，一共有四行。

練習

1. 什麼是四言詩？每行有幾個字？請舉例說明。

2. 什麼是五言詩？每行有幾個字？請舉例說明。

3. 什麼是七言詩？每行有幾個字？請舉例說明。

4. 什麼是七絕詩？一共有幾行？每行有幾個字？請舉例說明。

5. 什麼是七律詩？一共有幾行？每行有幾個字？請舉例說明。

 講解

對詩歌來說，分行的書寫格式不僅是外在形式上的表現手段，更是內部情感、內容不可分割的一個部分。

詩歌分行的特殊形式便於表達詩歌的內容，更能抒發詩人的感情。每一種字句的排列方式都與作品內容和情感相互關聯。一般來說，表現開拓豪放、自由浪漫的情感時，詩行可以很長；表現劇烈多變的情感時，詩行就會呈現多種起伏變化，參差不齊；跨行時，可以讓讀者停頓下來，集中注意力去欣賞下一行內容。

隨着詩歌文體的發展，出於內容表達和感情抒發的需要，詩歌除了分行，又產生了分節的書寫樣式。每個小節由兩個或兩個以上的詩行組成。小節和小節之間表示內容的發展和跳躍，展示感情的起落和轉變。

分行、分節的形式可以加強詩歌的節奏感和旋律感，進而體現出音樂性；可以將詩歌的內在情感外在化、視覺化地展示出來，造成獨特的視覺效果，形成直觀的美感；更可以起到凸顯詩人強烈感情的作用。

新詩的書寫格式沒有嚴格的字數、行數、節數規定，分行、分節比較自由靈活。新詩的書寫形式可以突出體現作者的獨創性和個人風格特色，是詩人個性化的標誌。

作家名片

余光中（1928-2017） **當代著名詩人**

余光中生於大陸，後定居台灣。余光中一生從事詩歌、散文、評論、翻譯等研究創作工作，詩歌的成就最高。代表作有《鄉愁》《白玉苦瓜》《天狼星》《傳說》等。

作品檔案

《鄉愁》寫於 1971 年，「雖然只寫了二十分鐘，但這樣的情緒在心裏醞釀了二十年」，烙有深刻的時代印記，具有深厚的歷史感與民族感。詩歌意象生動，節奏活潑，句式整齊均勻。

鄉愁

余光中

小時候

鄉愁是一枚小小的郵票

我在這頭

母親在那頭

長大後

鄉愁是一張窄窄❶的船票

我在這頭

新娘在那頭

❶ 窄：橫向距離小（跟「寬」相對）。

後來啊

鄉愁是一方❷矮矮❸的墳墓

我在外頭

母親在裏頭

❷ 方：量詞，形容方形物品。
❸ 矮：身材短，高度小。

而現在

鄉愁是一灣❹淺淺❺的海峽

我在這頭

大陸在那頭

❹ 灣：量詞，用於水面。
❺ 淺：從表面到底部距離小。

課文分析

《鄉愁》交融了作者對親人、故鄉的思念，對國家民族、歷史現象的思考。詩歌分行、分節的安排，符合所要表達的內容和情感的要求。四個段落的劃分整齊勻稱，前後順序的安排層層遞進，表現出：情景由近到遠；畫面由小到大；意思由淺到深；時間由前到後；感情由個人到小家，又到兩代人的大家，再到整個國家民族，越來越寬廣闊達。詩人的情感如同一條涓涓小溪，最終匯入無邊江海。

《鄉愁》獨到的結構方式與內容相結合，亦體現出詩人的創作個性和才能。

練習

1. 課文一共有幾節？每節有幾行？每行有幾個字？

小提示

可從標點符號、詩句長短、橫豎排列、視覺效果等方面考慮。

2. 除了分行與分節，課文的書寫格式還有什麼特點？

3. 改變每節的排列順序，重新閱讀並回答問題。

小提示

詩歌的字句排列是必須要認真考慮、精心規劃的工作。

原作	改作
小時候 鄉愁是一枚小小的郵票 我在這頭 母親在那頭	小時候鄉愁是 一枚小小的郵票 我在這頭 母親在那頭
長大後 鄉愁是一張窄窄的船票 我在這頭 新娘在那頭	長大後鄉愁是 一張窄窄的船票 我在這頭 新娘在那頭

後來啊 鄉愁是一方矮矮的墳墓 我在外頭 母親在裏頭	後來啊鄉愁是 一方矮矮的墳墓 我在外頭 母親在裏頭
而現在 鄉愁是一灣淺淺的海峽 我在這頭 大陸在那頭	而現在鄉愁是 一灣淺淺的海峽 我在這頭 大陸在那頭

（1）兩種排列順序，看起來有什麼不同？

（2）兩種排列順序，讀起來有什麼不同？

（3）兩種排列順序，突出表達的內容有什麼不同？

1.2 詩歌的節奏韻律

？ 探究驅動

1. 你小時候玩過哪些集體遊戲？哪些遊戲是伴着節奏和韻律的？

2. 你小時候聽過哪些歌謠？打着拍子和大家分享一下。

3. 在這些遊戲和歌謠中，節奏和韻律起到什麼作用？

講解

　　實際生活中，我們可以在很多場合找到節奏和韻律的身影。龍舟比賽上，選手們根據鼓點節奏整齊劃一地划動船槳；運動場上，加油助威的聲音充滿節奏感；音樂會上，陶醉的聽眾會情不自禁地跟着樂曲的節奏打拍子。

　　《三字經》《笠翁對韻》《乘法口訣表》及兒歌《小白兔》等，是兒童啟蒙學習的有效輔助工具。其中，節奏和韻律起着重要的作用。

　　節奏可以起到以下作用：

　　1. 節奏有助於演唱者動作一致，起到協調統一的作用。

　　2. 節奏有助於抒發演唱者的感情，節奏的快慢可以表現情緒的變化。

　　3. 節奏有助於加強人們的記憶。

　　韻律可以起到以下作用：

　　1. 韻律為歌謠增添了趣味。

　　2. 韻律有助於加強人們的記憶，朗朗上口。

課文

拍手歌

你拍一，我拍一，一個小孩坐飛機。

你拍二，我拍二，兩個小孩丟手絹。

你拍三，我拍三，三個小孩來攀岩。

你拍四，我拍四，四個小孩寫大字。

你拍五，我拍五，五個小孩學跳舞。

你拍六，我拍六，六個小孩揀豆豆。

你拍七，我拍七，七個小孩穿新衣。

你拍八，我拍八，八個小孩吃西瓜。

你拍九，我拍九，九個小孩齊步走。

你拍十，我拍十，十個小孩在學習。

課文分析

　　家喻戶曉的童謠《拍手歌》有不同的版本，這裏是其中的一個版本。《拍手歌》既是遊戲時大家一起哼唱的歌曲，又是小朋友學習數字的啟蒙工具。規律的停頓、鮮明的節奏，讓小朋友按照節拍整齊劃一地朗讀；句尾押韻的字詞、迴環往復的旋律，使得整首歌謠有很強的韻律感和趣味性。

練習

1. 全體同學大聲朗誦課文。

2. 在課文中節奏和韻律有什麼作用？

（1）節奏可以：

（2）韻律可以：

（3）節奏的快慢有助於表現：

（4）節奏與韻律有助於人們：

3. 朗讀《笠翁對韻》的選段並回答問題。

笠翁對韻·一東（節選）

天對地，雨對風。大陸對長空。

山花對海樹，赤日對蒼穹。

雷隱隱，霧濛濛。日下對天中。

風高秋月白，雨霽晚霞紅。

河對漢，綠對紅。雨伯對雷公。

煙樓對雪洞，月殿對天宮。

雲靉靆，日曈曨。蠟屐對漁蓬。

過天星似箭，吐魄月如弓。

（1）朗讀選段，找出押韻字詞。

（2）朗讀選段，拍手打出節奏。

第一遍邊朗讀邊根據節奏拍手，遇到押韻的字重讀不拍手。

第二遍只朗讀不拍手，遇到押韻的字重讀並拍手。

知識窗

《笠翁對韻》是清朝秀才李漁所作的啟蒙讀物。因為李漁號「笠翁」，所以這本讀物叫《笠翁對韻》。全書分兩卷，內容涵括天文地理、花草樹木、鳥獸蟲魚的虛實對應，包括單字對、雙字對、三字對、五字對、七字對和十一字對等多種對韻方式。因此讀起來朗朗上口，易學易記。《笠翁對韻》是學習詞彙、押韻、對仗、節奏、韻律的好教材。

❓ 探究驅動

聆聽《川江號子》，説説節奏在這段音樂中起到什麼作用。

📖 講解

節奏是自然、社會和人類活動中交替出現的、有規律的現象或動作。宇宙萬物在不同的時空、情景下有不同的動作，不同的動作有不同的速度，形成不同的節奏。

節奏的快與慢往往和內在的情緒相互關聯，內心的感覺、情緒不一樣，動作的節奏也不一樣。溫和寧靜時，節奏舒緩悠揚；激揚高亢時，節奏急促跳躍；情緒平和時，節奏較為舒緩；情緒激動時，節奏較為急促。節奏是人感覺、情緒的體現。節奏的快慢、強弱，可以將詩歌的內容、人物的情感和外在的韻律、聲音、旋律完美地結合在一起。

沒有節奏，詩歌就不能吟唱。節奏在詩歌中具有不可或缺的作用，富有節奏性是詩歌文體的特點之一。分行、分節的格式，輕重音、高低音的變化，標點符號的使用等，形成詩歌強烈的節奏感，使詩歌讀起來朗朗上口、抑揚頓挫，給人以美的享受。

> **💡 小提示**
>
> 詩歌的節奏如果不符合內容和情感的需求，則不是一首好的詩歌。

> **🔗 知識窗**
>
> 漢語的平仄和聲調有對應關係：聲調中的一聲和二聲，屬於平聲；三聲和四聲，屬於仄聲。漢語的發音特點是平聲長，仄聲短。四聲聲調使得漢字本身已具有抑揚頓挫的節奏感。

📑 課文

兒歌三首

（一）

風兒啊，別再大聲喧嘩，
星星呀，不要悄悄兒説話。
睡吧，睡吧，親愛的孩子啊，
睡吧，睡吧，親愛的孩子啊。

（二）

快！快！快！

快把碗放下！

飛機就要起飛啦！

（三）

爬呀爬，爬呀爬，

自由自在慢慢爬。

天黑下雨我不怕，

背上就是我的家。

🔍 課文分析

小提示

可以根據字的聲調、字句的反覆、標點的使用等體會詩歌的節奏感。

　　第一首兒歌中，「睡吧，睡吧」字句的重複、「吧」這個字的輕聲，使得詩歌讀起來感覺輕柔、溫和、舒緩。

　　第二首兒歌中，「快」的三次重複、感歎號的運用，形成一種急促、快速的節奏。

　　第三首兒歌中，「爬呀爬」兩次重複，「呀」字起到舒緩節奏的作用，形成一種悠揚、自由的感覺。

📔 練習

1. 朗讀課文並加上動作，體會節奏的變化與作用。

2. 在朗讀三首兒歌的時候，應該用什麼語調和節奏？

3. 三首兒歌為什麼用不同的節奏？三種不同節奏表現出什麼樣的情緒和內容？

4. 節奏的快慢和表達的感情、內容有什麼關係？

 **講解**

詩歌的節奏體現在作品中字句的組合和有規律的停頓安排上。

中國古代詩歌往往對節奏有一定的要求，尤其是格律詩。中國古代格律詩有着相對固定的節奏模式。

四言詩：每行四個字，構成兩個音組，節奏是「2-2」，即兩字一頓，每行兩頓。

五言詩：每行五個字，一般是五言三頓，節奏是「2-2-1」或「2-1-2」。

七言詩：每行七個字，一般是七言四頓，節奏是「2-2-2-1」或「2-2-1-2」。

知識窗

一般情況下，一個漢字的讀音就是一個音節，也有獨立意義的單音節、雙音節或多音節構成的一個音組。在每個音節或者音組的後面都有或長或短的停頓。

作家名片

曹操（155-220）　漢代著名文學家

曹操，字孟德。曹操是中國歷史上的傳奇人物，也是三國故事中的重要角色。代表作有《步出夏門行·龜雖壽》《步出夏門行·觀滄海》《短歌行·對酒當歌》等。

作品檔案

《龜雖壽》是《步出夏門行》的最後一章。詩歌融哲理思考、慷慨激情和藝術形象於一體，表現了老當益壯、積極進取的人生態度。

課文

龜雖壽

曹操

神龜[1] 雖壽，

　猶有竟[2] 時。

騰蛇[3] 乘霧，

　終為土灰。

老驥[4] 伏櫪[5]，

　志在千里。

烈士[6] 暮年[7]，

　壯心不已[8]。

盈縮[9] 之期，

　不但在天。

養怡[10] 之福，

　可得永年。

幸甚至哉，

　歌以詠志。

① 神龜：傳說中的通靈之龜，能活幾千歲。
② 竟：終結。這裏指死亡。
③ 騰蛇：傳說中與龍同類的神物，能騰雲駕霧。騰，讀 téng。
④ 驥：良馬，千里馬。讀 jì。
⑤ 櫪：馬槽。櫪，讀 lì。
⑥ 烈士：有遠大抱負的人。
⑦ 暮年：晚年。
⑧ 已：停止。
⑨ 盈縮：指人壽命的長短。盈，滿。縮，虧。
⑩ 養怡：保持身心健康。怡，快樂。

課文分析

　　《龜雖壽》是典型的四言詩，其中「老驥伏櫪，志在千里。烈士暮年，壯心不已」已成為千古傳誦的名句。按照「2-2」的節奏誦讀，更能表現出詩句中蘊含的昂揚樂觀、奮發不止的氣勢，感受作者曹操作詩吟唱時的豪邁氣概。

1. 按照提示的節奏標識，朗讀下面的四言詩，熟悉它的節奏模式。

關雎

關關 / 雎鳩，

在河 / 之洲。

窈窕 / 淑女，

君子 / 好逑。

參差 / 荇菜，

左右 / 流之。

窈窕 / 淑女，

寤寐 / 求之。

求之 / 不得，

寤寐 / 思服。

悠哉 / 悠哉，

輾轉 / 反側。

參差 / 荇菜，

左右 / 采之。

窈窕 / 淑女，

琴瑟 / 友之。

參差 / 荇菜，

左右 / 芼之。

窈窕 / 淑女，

鐘鼓 / 樂之。

知識窗

《詩經》是中國最早的詩歌總集，是中國詩歌發展的源頭，反映了從西周初期到春秋中期的社會面貌。《詩經》全集有 305 首，因此又被稱為「詩三百」。《詩經》在內容上分為《風》《雅》《頌》三部分。孔子曾說過：「詩三百，一言以蔽之，曰：『思無邪』。」

知識窗

五言詩包括五言絕句、五言律詩和五言民歌。

2. 按照提示的節奏標識，朗讀下面的五言詩，熟悉它的節奏模式。

登鸛雀樓

王之渙

白日／依山／盡，

黃河／入海／流。

欲窮／千里／目，

更上／一層樓。

知識窗

七言詩包括七言絕句、七言律詩和七言民歌。

3. 按照提示的節奏標識，朗讀下面的七言詩，熟悉它的節奏模式。

涼州詞

王之渙

黃河／遠上／白雲／間，

一片／孤城／萬仞／山。

羌笛／何須／怨／楊柳，

春風／不度／玉門／關。

📖 講解

和古代格律詩相比，新詩講求自由開放，形式相對靈活，沒有固定的節奏要求。但是，在新詩中節奏對於表達內容及情感仍然有着重要作用。比如，詩歌採用字句音節的重複、迴環等手法，可以突出重要內容；再如，詩歌重複出現的聲律節奏，可以起到強化特定情感的作用。

朗讀詩歌作品時，不僅要把握詩歌的節奏，也要注意語調的變化。語調的高低長短、快慢輕重可以表現不同的情緒和氣氛。除了句末標點符號可以表示語調的變化，句中的重音和停頓也和全句語調有很大關係。

知識窗

聲調指字音的高低升降。
語調指說話的腔調，表示句子整體上抑揚輕重的變化。

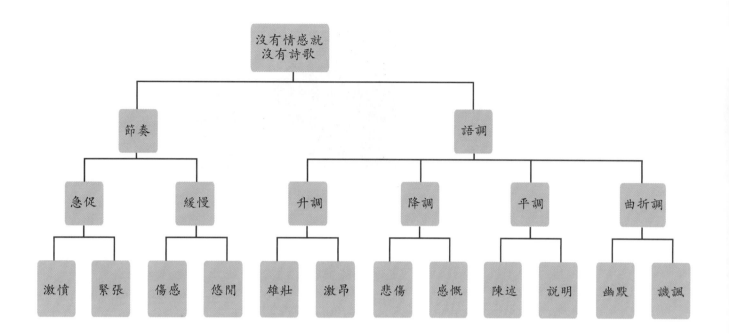

```
                        沒有情感就
                         沒有詩歌
            ┌───────────────────┴───────────────────┐
          節奏                                      語調
      ┌─────┴─────┐              ┌────────┬────────┬────────┐
    急促         緩慢          升調      降調      平調    曲折調
   ┌──┴──┐     ┌──┴──┐       ┌──┴──┐   ┌──┴──┐   ┌──┴──┐  ┌──┴──┐
 激憤  緊張   傷感  悠閒    雄壯  激昂  悲傷  感慨  陳述  説明  幽默  譏諷
```

📇 作家名片

徐志摩（1897-1931）　現代著名詩人

　　徐志摩，中國新詩的創立者及代表作家。徐志摩在新詩的意境營造、節奏追求、語言形式等方面有重大貢獻。代表作有詩歌《再別康橋》《翡冷翠的一夜》，散文集《落葉》《巴黎的麟爪》等。

💬 作品檔案

　　「康橋」即是劍橋。徐志摩的詩文有明顯的「康橋情結」。《再別康橋》寫於 1928 年，適逢詩人第三次回到英國劍橋。故地重遊，景物依然，人事已非。詩人浮想聯翩，感懷唏噓。

再別康橋

徐志摩

輕輕的我走了，

正如我輕輕的來；

我輕輕的招手，

作別西天的雲彩。

那河畔的金柳，

是夕陽中的新娘；

波光❶裏的艷影❷，

在我的心頭蕩漾❸。

軟泥上的青荇❹，

油油的在水底招搖；

在康河的柔波❺裏，

我甘心做一條水草！

那榆蔭❻下的一潭，

不是清泉，是天上虹；

❶ 波光：水波反射出來的光。
❷ 艷影：艷麗的影子。
❸ 蕩漾：水面起伏波動。

❹ 青荇：淺水性植物。葉子多呈圓形，浮在水面，根生在水底，夏天開黃花。荇，讀 xìng。
❺ 柔波：充滿柔情的水波。

❻ 榆蔭：榆樹的樹蔭。

揉碎在浮藻❼間，

沉澱❽着彩虹似的夢。

尋夢？撐一支長篙，

向青草更青處漫溯❾；

滿載一船星輝，

在星輝斑斕❿裏放歌。

但我不能放歌，

悄悄是別離的笙簫⓫；

夏蟲也為我沉默，

沉默是今晚的康橋！

悄悄的我走了，

正如我悄悄的來；

我揮一揮衣袖，

不帶走一片雲彩。

❼ 浮藻：浮在水面上的水藻。

❽ 沉澱：溶液中難溶解的物質沉到溶液底層。這裏引申為凝聚。

❾ 漫溯：很隨意地逆流而上，隨心地向着水中某個目標前進。

❿ 星輝斑斕：星光色彩錯雜燦爛。

⓫ 笙簫：笙和簫都是傳統中國樂器。

🔍 課文分析

　　《再別康橋》共七節，每節四行，每行兩頓或三頓，靈活而又嚴謹。全詩的意境真摯凝重，但卻不低沉淒涼，營造出一種甜蜜的憂傷、華麗的惆悵。句中的停頓、句末字音的聲調，以及標點符號的使用，共同構成了詩歌的節奏，舒緩悠揚，有如橋下的水波一般流淌蕩漾。這首詩，充分展現了徐志摩詩歌鮮明的音樂美感，形象地表達了詩人依依不捨的眷戀之情。

練習

1. 聆聽歌曲《再別康橋》，感受歌曲的節奏。

2. 將詞語與課文朗讀時的節奏和所表達的感情連線對應。

詞語	節奏	感情
輕輕的	極為緩慢	激憤
油油的	緩慢	緊張
悄悄的	平緩	傷感
蕩漾	中速	喜悅
招搖	快速	悠閒
水草	急促	平和
沉默	非常急促	
康橋		
雲彩		

3. 朗讀課文，體會課文的節奏，並提交朗讀錄音作業。

常用的押韻方法

探究驅動

查找並聆聽一首熟悉的歌曲，說說歌詞押了什麼韻。

講解

「無韻不成詩」。詩歌，特別是古代詩歌，需要押韻才能抒發作者心中的感情，便於吟唱，易於記憶。這是詩歌本身所具有的音樂特性決定的。

押韻，指詩句的末尾或指定位置上，使用韻母相同或相似的字，造成韻律和諧、優美動聽的效果。一般來說，四句一節的詩歌，要在第一、第二和第四句的最後一個字上押韻。全詩通押一韻，可以把詩歌的各個部分連接為一個整體，傳達特定的神韻，表現特有的意味。

押韻得當，詩歌的情感內容會得到渲染和強化。詩歌讀起來會朗朗上口，體現出聲音美、旋律美的藝術效果，給讀者愉悅的美感。

作家名片

王維（692-761）　唐代著名詩人

王維，字摩詰，盛唐時期著名山水田園詩人。王維的詩畫成就都很高，蘇軾對他的評價是「詩中有畫」「畫中有詩」。代表作有《渭城曲》《九月九日憶山東兄弟》《相思》《山居秋暝》等。

知識窗

《渭城曲》具有強烈優美的旋律感，在唐代被編成《陽關三疊》的琴曲。

作品檔案

《渭城曲》的另外一個名字是《送元二使安西》，是王維送別友人去邊疆時寫下的一首七言絕句。詩歌描寫了好友離別的情景，蘊含了朋友間的深情厚誼，情景交融、意境高超。

課文

渭城曲

王維

渭城[1] 朝雨浥[2] 輕塵，
客舍[3] 青青柳色[4] 新。
勸君更盡一杯酒，
西出陽關[5] 無故人。

① 渭城：在今陝西省西安市西北，即秦代咸陽古城。

② 浥：潤濕。讀 yì。

③ 客舍：驛館。

④ 柳色：柳樹的顏色。「柳」象徵着別離。

⑤ 陽關：在今甘肅省敦煌西南，為自古赴西北邊疆的要道。

課文分析

《渭城曲》全詩通押一韻。第一、二、四句的最後一個字「塵」「新」和「人」是韻母相同或相似的平聲字，音色低沉。朗讀時可以有一個長長的拖音，有充分的延展，給人以舒緩、不捨的感覺。這種漸低漸弱的聲音變化，表達了詩人深沉的情緒，配合了作品中的離別之情。作品的押韻、節奏和語調共同形成了悠揚婉轉的韻律感，加強了依依惜別的抒情效果。

1. 漢語拼音一共有哪些韻母？請完成下面的韻母表。

<table>
<tr><td colspan="11" align="center">漢語拼音韻母表</td></tr>
<tr><td>a</td><td>o</td><td>e</td><td>i</td><td>u</td><td>ü</td><td></td><td></td><td></td><td>er</td><td></td></tr>
<tr><td>啊</td><td>喔</td><td>鵝</td><td>衣</td><td>烏</td><td>迂</td><td></td><td></td><td></td><td>兒</td><td></td></tr>
<tr><td></td><td>ei</td><td>ao</td><td></td><td></td><td>an</td><td></td><td>in</td><td></td><td></td><td></td></tr>
<tr><td></td><td>哀</td><td>欸</td><td>熬</td><td>歐</td><td></td><td>安</td><td>恩</td><td>因</td><td></td><td></td></tr>
<tr><td>ang</td><td>eng</td><td>ing</td><td>ong</td><td></td><td>ia</td><td>ie</td><td>iao</td><td>iu</td><td></td><td></td></tr>
<tr><td>昂</td><td>（亨）</td><td>英</td><td>（轟）</td><td></td><td>呀</td><td>耶</td><td>腰</td><td>憂</td><td></td><td></td></tr>
<tr><td>ian</td><td>iang</td><td>iong</td><td></td><td></td><td></td><td>uai</td><td>ui</td><td></td><td></td><td></td></tr>
<tr><td>煙</td><td>央</td><td>雍</td><td></td><td>蛙</td><td>窩</td><td>歪</td><td>威</td><td></td><td></td><td></td></tr>
<tr><td></td><td>un</td><td></td><td>ueng</td><td></td><td>üe</td><td>üan</td><td>ün</td><td></td><td></td><td></td></tr>
<tr><td>彎</td><td>溫</td><td>汪</td><td>翁</td><td></td><td>約</td><td>冤</td><td>暈</td><td></td><td></td><td></td></tr>
</table>

2. 課文哪些字押韻？押什麼韻？你能想到哪些有相同韻母的字？請寫下來。

3. 在朗讀課文時，應該用什麼樣的節奏和語調？為什麼？

4. 課文中的依依不捨之情是如何通過字音、節奏、語調傳達出來的？

樂音是有一定頻率，聽起來較為和諧悅耳的聲音，區別於噪音。

小提示

在朗讀詩歌的時候，要注意輕重相間、高低起伏、急徐交互、抑揚頓挫，充分表現出節奏美與韻律美。

 講解

詩歌的音樂性除了體現在節奏、語調和押韻上之外，還能從詞句的選用和排列上表現出來。

安排有序的語詞、整齊勻稱的句子，能使音節和諧一致、樂感優美。疊字、疊句的運用能達到音韻鏗鏘的效果；擬聲詞、語氣詞等不但能構成語音的迴環之美，造成獨特的樂音音響效果，增強詩歌的音樂性，還有助於寫景狀物、傳情達意。

作品檔案

徐志摩曾在《西湖記》中寫道「三潭印月 —— 我不愛什麼九曲，也不愛什麼三潭，我愛在月光下看雷峰靜極了的影子 —— 我見了那個，便不要性命」。在《月下雷峰影片》中可以體現詩人對月光下雷峰塔在西湖上的倒影如痴如醉的強烈情感。

課文

月下雷峰❶影片

徐志摩

我送你一個雷峰塔影，
滿天稠密❷的黑雲與白雲；
我送你一個雷峰塔頂，
明月瀉❸影在眠熟❹的波心❺。

❶ 雷峰：指雷峰塔。

❷ 稠密：又多又密。稠，讀 chóu。

❸ 瀉：液體很快地流出。讀 xiè。

❹ 眠熟：熟睡。

❺ 波心：水波的中央。

深深的黑夜，依依的塔影，

團團的月彩，纖纖⁶的波鱗 ——

假如你我蕩一支無遮⁷的小艇，

假如你我創一個完全的夢境！

⑥ 纖：細小。讀 xiān。
⑦ 遮：蓋住，掩住。這裏
指船的頂棚。讀 zhē。

🔍 課文分析

《月下雷峰影片》讀起來有很強的音樂感。詩中大量使用疊字手法，「深深的黑夜，依依的塔影，團團的月彩，纖纖的波鱗」，連用四組疊字來描寫景物，十分精妙。其中「深」「依」「團」和「纖」都是平聲字，讀起來音律和諧、悠揚舒緩。再加上這四個句子字數一致，疊字位置相同，和前後詩句搭配起來，使整首詩的聲律在整齊平衡中錯落有致，給人一種悠然寧靜的美的享受。

✏️ 練習

1. 課文中有哪些疊字？你在讀這些疊字時有什麼感受？

2. 課文中使用疊字的句子描繪了什麼樣的畫面？

3. 朗讀《迢迢牽牛星》並回答問題。

迢迢牽牛星

迢迢牽牛星，皎皎河漢女。

纖纖擢素手，札札弄機杼。

終日不成章，泣涕零如雨。

河漢清且淺，相去復幾許？

盈盈一水間，脈脈不得語。

（1）這首詩是幾言詩？

（2）用符號標識詩歌的節奏，按照節奏標識朗讀。

（3）詩中哪些字押韻？押什麼韻？這樣押韻有什麼作用？

（4）詩中有哪些疊字？這些疊字有什麼效果？

第二課　詩歌如何抒發詩情？

探究驅動

1. 填寫下表，説説「七情」指哪七種情感。

2. 你體驗過這七種情感嗎？當時是什麼情況？

小提示

情感，是指嗜慾，忿怒，恐懼，自信，嫉妒，喜悅，友情，憎恨，渴望，好勝心，憐憫心，和一般伴隨痛苦或快樂的各種感情。

—— 亞里士多德

小提示

只有情感，而且只有大的情感，才能使靈魂達到偉大的成就。

—— 狄德羅

講解

　　人有七情六慾，有豐富的情感體驗。人類追求高貴、美好的情感。詩歌是為了抒發真善美的情感而創作的。詩歌最突出的特點就是濃烈的抒情性。

　　首先，詩情要真誠。沒有感情、無病呻吟，或者感情虛假、矯揉造作的只能是文字遊戲而不是詩。其次，詩情要高尚。好詩教人向善，人們在品味詩句的過程中，感悟詩中真摯高尚的情感，受到美好情感的感染熏陶，進而得到精神品質的提高。第三，詩情要優美。好詩使人聰慧，詩歌作者關注和欣賞身邊的現實生活、自然景色，

用審美的眼光看待平凡的世界，用藝術的手法技巧創作具有個人風格特色的詩歌作品，開拓讀者的想象思維，豐富讀者的語言表達技巧。

真善美的詩歌作品是人類文化精神的寶貴財富，慰藉人們的心靈，鼓舞人們的鬥志，提高人們認識和感悟的能力，激勵人們更加熱愛生活、熱愛生命。

小提示

中學生可以找到美好的詩情嗎？當然可以。真善美的詩情無處不在。校園生活的感受、青春成長的煩惱、好友離別的痛苦、遇到困難與挫折的失落彷徨、感激父母長輩的養育與關懷等情感都可以寫成詩。

作家名片

孟郊（751-814）　唐代著名詩人

孟郊，字東野。孟郊的詩歌作品多是短篇五言古詩，取得了很高的成就。他和唐代詩人賈島齊名，有「郊寒島瘦」之稱。代表作有《遊子吟》《征婦怨》《感懷》《傷春》《織婦辭》等。

作品檔案

《遊子吟》是一首五言古體詩，描繪了一幅簡單平常的母親縫衣圖。詩歌語言平淡無華，但卻在字裏行間體現了母子情深，表達了對母親的尊敬與感激。

知識窗

你知道嗎？聯合國教科文組織向世界各國推薦這首《遊子吟》為學生的優秀讀物。

課文

遊子[1] 吟[2]

孟郊

慈母手中線，遊子身上衣。

臨[3]行密密縫，意恐[4]遲遲歸。

誰言[5]寸草[6]心，報得[7]三春暉[8]。

[1] 遊子：古代稱遠遊旅居的人。
[2] 吟：詩歌體裁。

[3] 臨：將要。
[4] 意恐：擔心。
[5] 言：說。
[6] 寸草：小草。這裏比喻子女。
[7] 報得：報答。
[8] 三春暉：農曆正月稱為孟春，二月稱為仲春，三月稱為季春，合稱為「三春」。「三春暉」指春天的陽光。這裏比喻慈母對子女的恩情。

課文分析

　　《遊子吟》這首詩生動地描繪了一幅感人的畫面：白髮蕭然、年近古稀的老母親，一針一線為遊子縫製衣裳。作者借「寸草」和「三春暉」來比喻遊子和慈母，引領讀者進入一個廣闊的想象空間，引發人們對母愛與孝行的聯想與思考，讓讀者領悟遊子感恩慈母的真摯美善的詩情。

　　首先，這首詩體現了慈母對孩子的愛。兒子要遠行，最放心不下的就是母親，她把對兒子此去遠方無人照料的擔心、怕兒子遲遲難歸的憂慮都縫在衣服裏。針腳細密了再細密，一針一線都是母親的囑託。

　　其次，這首詩體現了遊子對母親的孝順。母親親手縫製的衣服，穿着它就像是有母親的陪伴，不僅能抵禦風寒，也能安慰心靈。每遇艱難困苦，想起母親的牽掛與期望，都能激勵遊子奮發努力。「寸草心」比喻兒女感念母恩，孝順母親的孝心；「三春暉」比喻恩深似海的父母養育之情。

　　這首詩歌頌了平凡而偉大的母愛，吟唱出深摯的孝子之心，歷經千百年依然膾炙人口。

練習

1.「慈母手中線，遊子身上衣。」表現了母親對兒子怎樣的感情？

2.「誰言寸草心，報得三春暉。」表現了兒子對母親怎樣的感情？

3. 朗讀下面的詩句，體會詩句抒發的感情。

詩句	感情
桃花潭水深千尺，不及汪倫送我情。（李白《贈汪倫》）	
海內存知己，天涯若比鄰。（王勃《送杜少府之任蜀州》）	
人有悲歡離合，月有陰晴圓缺，此事古難全。（蘇軾《水調歌頭》）	
捐軀赴國難，視死忽如歸。（曹植《白馬篇》）	
黑夜給了我黑色的眼睛，我卻用它尋找光明。（顧城《黑眼睛》）	
路漫漫其修遠兮，吾將上下而求索。（屈原《離騷》）	

小提示

先找出詩句中的關鍵字詞，理解字面意思。

知識窗

這些詩句之所以能流傳古今、撥動讀者的心弦，就在於表達了美好的人間情感。人類的美好感情是真的、善的、美的，穿越了時間，超越了空間，是全人類寶貴的精神財富。

2.2 用詞語直接抒情

1. 想想有哪些專門描寫情感的詞彙，完成下面的表格。

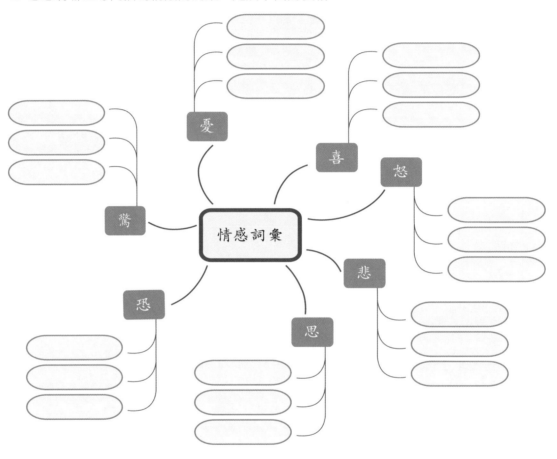

2. 請用恰當的詞彙描述你的感受。

（1）和好朋友吵架時，我感到＿＿＿＿＿＿。

（2）被老師批評時，我感到＿＿＿＿＿＿。

（3）看到一件非常喜歡的東西時，我感到＿＿＿＿＿＿。

講解

　　詩歌的語言有鮮明的特點。總體來說，詩歌語言凝練濃縮，用最少的詞語，表達最深廣的內容。其次，詩人選用的詞語往往具有雙重、甚至多重含義，既有表面

意思，也有內在寓意。另外，詩歌的語言結構靈活多樣，可以打破普通語言的表達規範，可以跳躍、倒裝、省略。

閱讀詩歌時，要留心詩句中的關鍵詞。首先要留意動詞的使用，恰當準確的動詞，可以突出動態的美感，可感可視、形象鮮明；還可以凸顯作品的情感，給鑒賞者美的享受。

👤 作家名片

駱賓王（約 638-684）　唐代著名詩人

　　駱賓王，字觀光。駱賓王七歲就能作詩，被稱為「神童」。他與王勃、楊炯、盧照鄰並稱為「初唐四傑」。代表作有《詠鵝》《帝京篇》《在獄詠蟬》等。

✉ 作品檔案

　　《詠鵝》是駱賓王七歲時所作的詩。開篇就以「鵝，鵝，鵝」這種反覆詠唱的方式表達了對「鵝」的喜愛之情，接着用顏色相間、動靜結合的描寫，把平常無奇的「鵝」描繪得栩栩如生、活潑可愛。

📖 課文

詠鵝

駱賓王

鵝，鵝，鵝，

曲項 ❶ 向天歌。

白毛浮綠水，

紅掌撥 ❷ 清波 ❸。

❶ 曲項：彎曲着脖子。曲，彎曲。項，脖子。
❷ 撥：撥開，划動。
❸ 清波：清澈的水流。

🔍 課文分析

　　《詠鵝》是一首詠物詩，寫得自然真切、生動傳神。除了「白毛」「紅掌」在「清波」中構成的清新活潑的畫面外，詩歌中動詞的使用更值得細細品味。詩中用「曲」描繪了鵝修長優美的脖頸；用「浮」襯托了鵝在水面的悠閒自在；用「撥」點出了鵝輕盈游水的姿態。作者通過對鵝的仔細觀察，準確使用貼切的動詞，將對鵝的喜愛之情表現得淋漓盡致。

📄 練習

1. 課文中有哪些動詞？詩人用這些動詞描繪出什麼畫面？

2. 能不能用其他動詞替換課文中的動詞？換成什麼詞？為什麼？

3. 請為下列名詞與動詞配對，組成詞組。

名詞	動詞
風	鳴
浪	閃
雲	捲
雷	湧
電	吹

詞組：

📖 講解

　　形容詞具有化無形為有形、化抽象為具體、化無情為有情的功能，可狀難寫之景。形容詞的使用是為了更好地塑造形象，構成詩歌的畫面，展現詩歌的意境。此外，使用形容詞做修飾，更能表達詩人的情感。比如，風可以根據詩人不同的情感變成暖風、陰風、寒風、暗風等，每一個形容詞都滲透着不同的情感。

馬致遠（1250-1321）　元代戲曲作家

　　馬致遠，字千里，號東籬，元代初期著名散曲、雜劇作家。馬致遠的作品以文辭精美著稱，被譽為「曲狀元」「馬神仙」。代表作有《天淨沙·秋思》《漢宮秋》《岳陽樓》《青衫淚》等。

作品檔案

　　《天淨沙·秋思》是馬致遠最出名的散曲作品。全曲以多種意象組合在一起，意蘊深遠，勾勒出遊子在荒郊野嶺中思念家鄉的深情，被稱為「悲秋之祖」。

課文

天淨沙·秋思

馬致遠

枯藤老樹昏鴉[1]，

小橋流水人家[2]，

古道[3]西風[4]瘦馬。

夕陽西下，

斷腸人[5]在天涯。

[1] 昏鴉：黃昏時分，停在樹上棲息的烏鴉。
[2] 人家：農家。
[3] 古道：古老荒涼的道路。
[4] 西風：寒冷蕭瑟的秋風。
[5] 斷腸人：形容傷心悲痛到極點的人。這裏指漂泊天涯、極度憂傷的旅人。

課文分析

《天淨沙·秋思》用 28 個字描繪了一幅秋風蕭瑟中，漂泊遊子不知自己歸宿何在的淒苦畫面。「藤」「樹」「鴉」「道」「風」「馬」等詞語本身並不帶有情感色彩，加上了形容詞之後，抒情效果截然不同。「枯藤」「老樹」「昏鴉」「古道」「西風」「瘦馬」，這些詞語再組合在一起，更強烈地表達出詩人漂泊天涯、懷才不遇、愁思無限的悲涼之情。

練習

1. 課文中有哪些形容詞？詩人用這些形容詞表現出什麼感情？

2. 能不能用其他形容詞替換課文中的形容詞？換成什麼詞？為什麼？

3. 請給下面的名詞加上形容詞修飾構成詞組。説説詞組所表達的感情。

名詞	詞組	感情
窗		
雨		
花		
葉子		
路		
海		

📖 講解

　　漢語中有很多同音異義字，也就是常說的諧音字。在詩歌中，同音異義字常用來創造雙關語，表達多重意義。將這些諧音字巧妙地嵌入詩句中可以起到意想不到的作用，充分表達情感，極大提高詩歌的藝術境界，給讀者帶來美的享受。例如，「蓮子心中苦，梨兒腹內酸」中「蓮」與「憐」同音、「梨」與「離」同音，一語雙關，讓讀者感受到詩歌更豐富的內涵。

👤 作家名片

劉禹錫（772-842）　唐代著名詩人

　　劉禹錫，字夢得，中唐時期著名思想家、哲學家、文學家、詩人。劉禹錫的詩歌題材廣泛、風格多變，有「詩豪」之稱。代表作有《竹枝詞》《陋室銘》《烏衣巷》《楊柳枝詞》等。

🔖 作品檔案

　　竹枝詞是由巴蜀民歌演變而來的一種詩歌體裁，以吟詠風土為主要特色。劉禹錫用這種形式寫出了這首描寫男女愛情的情詩。詩歌用雙關語，含蓄生動地把人物內心的情感表現得惟妙惟肖。

📑 課文

竹枝詞

劉禹錫

楊柳青青江水平，

聞郎岸上踏歌聲。

東邊日出西邊雨，

道是無晴 ❶ 卻有晴。

❶ 晴：與「情」諧音。

課文分析

　　詩人一開始描寫的是眼前的景物，青青的楊柳枝輕拂着江水，暗指少女內心激起的微微漣漪。接着敘述少女聽到遠處傳來熟悉的男子的歌聲，心中更是泛起了感情的波瀾。「東邊日出西邊雨」寫的是多變的天氣，點破了少女內心的隱秘，寫出她捉摸不定的情感。「道是無晴卻有晴」是整首詩最精彩的一句，「晴」和「情」同音異義，作者使用雙關的方法，以「晴」說「情」，把「天晴」和「愛情」巧妙地聯繫在一起，準確地表達了初戀時純美微妙的心情，成為千古傳誦的美麗詩句。

練習

1. 分析課文中劃線的詞語使用了什麼語言技巧？達到了怎樣的藝術效果？

詩句	語言技巧	藝術效果
楊柳<u>青青</u>江水平， 聞郎岸上踏歌聲。		
<u>東邊日</u>出<u>西邊雨</u>， 道是無晴卻有晴。		
東邊日出西邊雨， 道是無<u>晴</u>卻有<u>晴</u>。		

2. 開動腦筋，把下面的「詞彙罐子」裝滿，以備之後的創作使用。

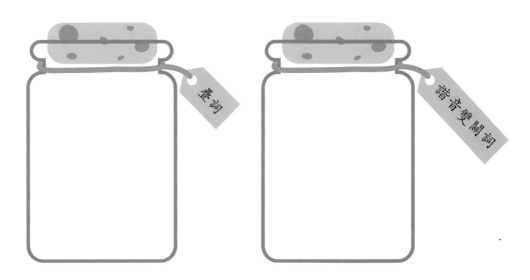

疊詞

諧音雙關詞

？ 探究驅動

閱讀下面的句子，說說抽象的情感變成了哪種具體的形象。

（1）一個成年人很難過，不住地擦眼淚。→　這個人哭得像孩子一樣。

抽象情感：＿＿＿＿＿＿　→　具體形象：＿＿＿＿＿＿

（2）一個人拒絕聽別人的勸說，埋着頭蹲在地上。→　這個人把自己封閉

起來，像隻蝸牛一樣用殼把自己和這個世界隔絕。

抽象情感：＿＿＿＿＿＿　→　具體形象：＿＿＿＿＿＿

【1】

【2】

講解

　　感情是抽象的，沒有顏色、形狀、氣味、聲音，難以表達。假如把感情轉化為具體的形象，不就容易表達出來了嗎？詩歌，就是要發揮想象力，運用修辭手法，把抽象的感情變成具體的形象，生動地表達出來。

　　詩歌最常用的修辭手法是比喻。在描寫事物或說明道理時，抓住一件事物或道理的特點，用另一件事物或道理來進行比較，化抽象為具象，傳形傳神、繪聲繪色抒發情感、講明道理。詩歌寫人狀物、述事描景、抒情言志都離不開比喻，比喻使詩歌更有趣、更生動、更形象、更豐滿。

作家名片

王宜振（1946- ）　當代童詩詩人

王宜振，當代兒童文學作家、兒童詩歌作家。王宜振的作品包括校園詩歌、童話故事等，曾多次獲得兒童文學獎和圖書大獎。代表作有《秋風娃娃》《笛王的故事》《21世紀校園朗誦詩》等。

作品檔案

《秋風娃娃》這首詩深受小朋友的喜愛。《秋風娃娃》把自然界無形無影的秋風，比擬成了一個有生命、有感情、有性格的小娃娃。秋風娃娃很活潑，很淘氣，不停地在玩耍和遊戲，把自然景物變得更加神奇和美麗。詩人歡欣雀躍的情感和對秋風的歌頌，都體現在詩句中。

課文

秋風娃娃

王宜振

❶ 淘氣：頑皮，不聽話。
❷ 鑽：穿過，進入。

秋風娃娃可真夠淘氣❶，
悄悄地鑽❷進小樹林裏；
它跟那綠葉兒親一親嘴，
那綠葉兒變了，變成一枚枚金幣。

❸ 搖落：晃動使之掉下。

它把那金幣兒搖落❸一地，
然後又輕輕地把它拋起；
瞧，滿天飛起了金色的蝴蝶，
一隻一隻，多麼美麗！

課文分析

　　詩人有豐富奇特的想象力，整首詩一掃秋風帶給人的憂鬱，充分展現了秋天的美。在第一小節，將秋天變黃的樹葉比喻成「一枚枚金幣」；在第二小節，將秋風中飛舞的落葉，比喻成「一隻一隻」「金色的蝴蝶」。普普通通的樹葉在作者的筆下變成了最珍貴的「金幣」、最美麗的「蝴蝶」。

練習

1. 按照提示的節奏標識朗讀課文，注意使用恰當的語調和節奏。

秋風娃娃 / 可 / 真夠 / 淘氣，

悄悄地 / 鑽進 / 小樹林 / 裏；

它 / 跟那 / 綠葉兒 / 親一親 / 嘴，

那 / 綠葉兒 / 變了，/ 變成 / 一枚枚 / 金幣。

它 / 把那 / 金幣兒 / 搖落 / 一地，

然後 / 又 / 輕輕地 / 把它 / 拋起；

瞧，/ 滿天 / 飛起了 / 金色的 / 蝴蝶，

一隻 / 一隻，/ 多麼 / 美麗！

2. 課文選用了哪些詞語來描寫秋風的動態？

3. 課文哪些地方採用了比喻的修辭手法？表達了詩人怎樣的感情？

4. 課文描繪了什麼樣的畫面？請畫出來。

講解

詩歌採用比喻的方法表現抽象的情感，可以通過喻體本身所帶有的感情色彩來表現。如《秋風娃娃》中，將平凡的「落葉」比喻成「金幣」和「蝴蝶」這兩種人們喜愛的事物，可以讓讀者感受到作者對「落葉」的讚美。

除此之外，詩人的情感也可以直接作為本體出現。為了強化抽象情感的特點、達到抒情的目的，喻體的選擇要十分巧妙。喻體（物體）要和本體（感情）有一定相似性，這樣的比喻才有可比性，才可以產生出其不意的藝術效果。

作家名片

馮至（1905-1993）　現代著名詩人

馮至，原名馮承植，現代詩人、翻譯家、教育家、文學家。馮至的新詩和散文取得了傑出的成就，藝術造詣很高。代表作有詩集《昨日之歌》《十四行詩》，傳記《杜甫傳》及翻譯詩集《海涅詩選》。

作品檔案

《蛇》是馮至看到一幅畫作後創作的。這幅畫上畫着一條口中銜着花的蛇。看見這條小蛇時，馮至想象到對喜愛之人的暗戀情愫，於是寫下這首詩。

課文

蛇（節選）

馮至

我的寂寞是一條長蛇，

　靜靜地沒有言語。

你萬一夢到牠時，

　千萬呵，不要悚懼❶。

牠是我忠誠的侶伴，

　心裏害❷着熱烈的鄉思。

❶ 悚懼：害怕。

❷ 害：有着，患有。

課文分析

　　在詩歌中作者想表達自己的「寂寞」，可是這種抽象的情感很難具體形容出來。作者抓住了「寂寞」在時間上很長，以及寂寞時默默承受的特點，將它比喻成「蛇」。「蛇」的體形很長，也是不發出聲音的。作者用「蛇」這個看得見、有形的動物，比喻看不見、無形的感情，讓讀者真切地感受到其「寂寞」的情感。

練習

1. 閱讀詩句，分析作者怎樣用比喻的手法凸顯情感。

（1）白髮三千丈，緣愁似個長。（李白《秋浦歌》）

情感：

形象：

二者的共同點：

小提示

　「愁」是一種極其普遍的抽象情感，在詩詞中，詩人使用多種比喻使這種抽象情緒變得具體可感。

（2）問君能有幾多愁？恰似一江春水向東流。（李煜《虞美人》）

　　情感：

　　形象：

　　二者的共同點：

（3）離恨恰如春草，更行更遠還生。（李煜《清平樂》）

　　情感：

　　形象：

　　二者的共同點：

（4）剪不斷，理還亂，是離愁。（李煜《相見歡》）

　　情感：

　　形象：

　　二者的共同點：

2. 使用表格內的詞語造句，把抽象物用形象物比喻出來。

抽象物	喻詞	形象物
煩惱、愛、錯誤、愁悶、憤怒、恐懼、思念、友情、牽掛、捨不得、害怕、緊張、可憐、擔心	像、是、猶如、彷彿、好像、如同、簡直就是	雲朵、河水、火焰、冰、雪、鐵錘、鋼琴、藍天、衣服、衣袖、歌聲、樂曲、白帆

小提示

　　請開動腦筋，發揮想象力，加入合適的數量詞和修飾詞。

例子：我的煩惱 彷彿是一片飄動的雲朵。

1. 想象一下，假如你是一面潔白光滑的牆壁，卻被人胡寫亂畫。你很生氣，會說什麼？

2. 想象一下，假如你是一棵小樹，夏天的陽光很曬，忽然下起一陣小雨。你很高興，
   會說什麼？

📖 講解

　　擬人是把沒有生命的物體當成有生命的人來描寫，讓這種物體具有人的言行舉止，甚至人的思想情感。例如：花兒吃飽了蜜糖，每一片花瓣都散發出甜蜜的芳香。

　　除了擬人，也可以擬物，把人當作物來描寫，寫出物所有的特點。例如：媽媽是一個鬧鐘，每天早晨叫我起床。

👤 作家名片

曹植（192–232）　　三國著名文學家

　　曹植，字子建，漢魏時期著名的文學家，建安文學的代表作家。曹植為曹操之子，曹丕之弟，三人並稱為「三曹」。代表作有《七步詩》《七哀詩》《洛神賦》《白馬篇》等。

📧 作品檔案

　　《七步詩》相傳是曹植面對曹丕的命令「七步中作詩，不成者行大法」而作出的詩歌。詩歌生動地描寫了帝王家權力之爭的嚴酷現實。廣為傳頌的成語故事「七步成詩」就源於此。

📖 課文

七步詩

曹植

煮豆持[1]作羹，漉[2]菽[3]以為汁。

其[4]在釜[5]下燃，豆在釜中泣。

本[6]是同根生，相煎[7]何[8]太急？

🔍 課文分析

　　作者用同根而生的萁和豆來比喻同父共母的兄弟，用豆子的枝葉做柴薪來煎煮豆子比喻同胞骨肉的哥哥殘害弟弟。詩中將「豆」擬人化，「豆」像人一樣哭泣難過，像人一樣提出不平的質問：「為什麼兄弟要相逼，骨肉要相殘？為什麼要如此加害自己？」表達出作者面對兄弟相殘的殘酷現實的極度痛苦和悲憤之情。

📝 練習

1. 課文是怎樣運用比喻手法的？

2. 課文是怎樣運用擬人手法的？

注釋

1. 持：用來。
2. 漉：過濾。讀 lù。
3. 菽：豆。讀 shū。
4. 萁：豆类的莖，即豆秸。讀 qí。
5. 釜：鍋。
6. 本：本來。
7. 煎：一種烹飪方法，把食物放在少量熱油裏使熟或使熱。這裏比喻殘害。
8. 何：何必。

3. 課文用比喻和擬人的手法表達了怎樣的感情？

4. 仿照例子，使用表格內的詞語造句，用擬人手法給無生命的事物賦予生命。

事物	動詞
大海、小草、花朵、河流、高山、小路、風、書桌、電腦	唱、說、笑、踩、咬、哭、喊、拉、跳

例子：大海 唱了一夜的歌。

5. 擬人與擬物的手法有什麼區別？

第三課　詩歌如何描述畫意？

多角度感官描述

？ 探究驅動

1. 觀察思考，描述聽覺感受。

（1）坐在教室仔細聆聽，你聽到了什麼？

（2）想象你站在繁忙的大街上或嘈雜的火車站裏，你會聽到什麼？

2. 觀察思考，描述觸覺感受。

（1）摸摸你的衣服，你感受到了什麼？

（2）摸摸你的桌子，你感受到了什麼？

（3）你摸過水嗎？有什麼感覺？

（4）你摸過冰嗎？有什麼感覺？

（5）想象一下，假如你摸到了月亮，會是什麼感覺？

講解

詩歌抒發感情的方法是用文字「畫」出一幅情景交融的圖畫，激發讀者豐富的回憶和想象，產生情感的共鳴。

生動、形象的圖畫是由下面這些元素構成的：

1. 色彩、聲音、質感、味道等，讓人可以看、可以聽、可以感觸、可以聞。

2. 景色、事物等，讓人可以進行聯想、可以展開想象。

作家名片

臧克家（1905-2004）　　現代著名詩人

臧克家，著名新詩詩人。臧克家創作了許多表現民眾疾苦的詩歌作品，被譽為「農民詩人」。代表作有《烙印》《老馬》《罪惡的黑手》《春風集》《歡呼集》《今昔吟》等。

課文

海

臧克家

從碧澄澄的天空,

看到了你的顏色;

從一陣陣的清風,

嗅到了你的氣息;

摸着潮濕的衣角,

觸到了你的體溫;

深夜醒來,

耳邊傳來了你有力的呼吸。

❶ 碧澄澄:形容湛藍而明淨。

課文分析

這首詩短小精美,形式整齊。詩歌分別從視覺、嗅覺、觸覺、聽覺四個方面展開描寫,從不同角度展示大海的壯觀景色,給人親臨其境之感。詩中還巧妙地運用擬人手法將大海人格化,賦予大海以生命,表達詩人的激情。在作者筆下,大海壯闊浩瀚、有聲有色,又貼近身邊、可觸可感,大海和人一樣有「氣息」「體溫」「呼吸」,形象生動,親切自然。作者由遠而近、從白天到夜晚,寫出了海的整體形象,表達了對大海獨特的審美體驗。

1. 朗讀課文，找出多感官描寫的句子。

視覺	
嗅覺	
觸覺	
聽覺	

2. 聯想想象，描述感受。想象你站在海邊，憑藉視覺、嗅覺、觸覺、聽覺可以感受到什麼？這些感受讓你想到什麼？

3. 觀察思考，描述感受。

小提示

多感官的記憶可以穿越時空，讓我們回憶起過去的地方，重溫舊日的時光，感受美好的情感。

（1）爬上山頂時，你眼前會出現什麼景象？和你之前想象的有什麼不同？給你什麼感覺？你喜歡這種感覺嗎？為什麼？

（2）早上刷牙時，牙膏有什麼味道？你的舌頭感受到什麼？給你什麼感覺？你喜歡這種感覺嗎？為什麼？

（3）端午節看龍舟賽時，你會聽到什麼聲音？和你平常聽到的聲音有什麼不同？給你什麼感覺？你喜歡這種感覺嗎？為什麼？

4. 想象創作。想象你是童話故事裏的小紅帽。在被老狼張開大嘴巴吃進肚子時，你看到了什麼？聞到了什麼？摸到了什麼？聽到了什麼？想到了什麼？你會做什麼事情？會有什麼感受？請使用第一人稱，用完整的句子寫下來。

？ 探究驅動

1. 汽車急刹車的聲音與小鳥嘰嘰喳喳的叫聲帶給你的感受有何不同？

2. 你最喜歡什麼顏色？這種顏色讓你聯想到什麼？感受到什麼？

3. 想象不同顏色的燈光給你的感受和對你心情的影響，並填寫下表。

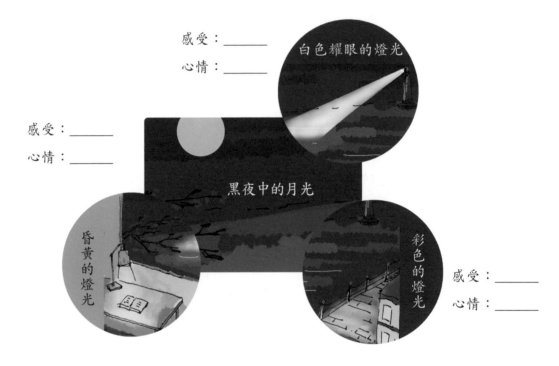

感受：＿＿＿＿＿＿
心情：＿＿＿＿＿＿
白色耀眼的燈光

感受：＿＿＿＿＿＿
心情：＿＿＿＿＿＿

黑夜中的月光

昏黃的燈光

彩色的燈光

感受：＿＿＿＿＿＿
心情：＿＿＿＿＿＿

📖 講解

　　在詩歌中，色彩、光影和聲音作為特定的符號，不僅可以展現詩歌的背景環境、渲染氣氛，還可以表達鮮明的感情。一般情況下，輕鬆愉快、興高采烈的情緒常常用溫暖的色彩、明亮的光影以及悅耳的聲音來表達；氣氛緊張、悲哀痛苦的情緒則會用陰冷的色彩、黑暗的光影以及低沉的聲音來表達。

作家名片

白樸（1226-約1306） 元代戲曲作家

　　白樸，字仁甫，元代初期著名文學家，「元曲四大家」之一。白樸的雜劇作品採用歷史題材表現時代新意，影響深遠。代表作有《唐明皇秋夜梧桐雨》《董秀英花月東牆記》等。

作品檔案

　　《天淨沙·春》是白樸《天淨沙》四首之一。這首散曲對春天出現的景象進行羅列與描繪，從不同層次描繪出春天景色如畫、生機盎然的美景。

課文

天淨沙·春

白樸

春山暖日 ❶ 和風 ❷，

闌干 ❸ 樓閣簾櫳 ❹，

楊柳秋千院中。

啼鶯舞燕，

小橋流水飛紅 ❺。

❶ 暖日：暖和的日光。
❷ 和風：溫和的春風。
❸ 闌干：建築上起攔擋作用的東西。現寫作「欄杆」。
❹ 簾櫳：門窗上的簾子。櫳，窗戶，讀 lóng。
❺ 飛紅：花瓣飛舞。這裏指落花。

課文分析

　　這首元曲很有特點。首先，整首曲沒有動詞，全部由名詞或名詞短語組成。這些名詞或名詞短語是一個個意象，如：油綠的山巒、明麗的陽光、和煦的春風等等，帶給讀者美的感受。這些意象在整體上又形成一個意象群，更加凸顯春天的美麗景色。

　　其次，詩人從不同空間層次描寫春天的景物。由遠及近是遠山、欄杆、樓閣、簾櫳和秋千；由高漸低是太陽、楊柳、黃鶯、春燕、小橋、流水和落花。作品層次分明，動靜結合，富有立體的美感，引起讀者美妙豐富的聯想。

　　這首元曲的另一個顯著特點，就是善於搭配色彩、光影和聲音。其中艷麗的色彩與清淡的色彩相互映襯，明麗溫和的光線與斑駁的樹影相互融合，再加上黃鶯悅耳動聽的啼鳴。色彩、光影加上聲音，構成了一幅栩栩如生的春日圖畫，生機勃勃、愉悅歡快。

練習

1. 課文描繪出怎樣的一幅圖畫？請試着畫出來。

2. 仔細分析課文中的色彩、光影和聲音，找出相應的句子填入下表。

色彩	
光影	
聲音	

3. 根據自己的理解填寫下表。

（1）色彩

色感	色彩	情緒／感覺
冷色	黑色	痛苦
暖色		
濃艷		
淡雅		

（2）光影

光感	光影	情緒／感覺
柔和	晨光	愉悅
刺眼		
明亮		
陰暗		

（3）聲音

聲感	聲音	情緒／感覺
高亢	爭吵聲	激動
低沉		
安靜		
嘈雜		

情景交融的畫意

探究驅動

觀察思考，描述圖片。

（1）你看到了哪些景物？請簡單描述看到的景物。

例子：飛舞的蝴蝶

_____的_____　　_____的_____　　_____的_____

_____的_____　　_____的_____　　_____的_____

（2）和大家分享你對景物的描述及對圖片的感受，並說明原因。

 **講解**

　　詩歌是用來抒發感情的。面對相同的景物，作者的心情、感受可能完全不同。優秀的詩歌作品常常通過色彩、光影及聲音的描寫，精選貼切恰當的詞語，描繪出一幅動靜結合的畫境。這樣具有詩意的畫境把讀者帶入到特定的意境，讓讀者感受到強烈的情緒，從而領悟到蘊含在詩歌中的思想情感。

小提示

　　一切景語皆情語。

　　——王國維
　　《人間詞話》

60

毛澤東（1893-1976）　現當代優秀詩人

　　毛澤東，字潤之，傑出的政治家、戰略家、思想家，中華人民共和國的締造者和領導人。毛澤東的作品以舊體詩詞為主，影響深遠。代表作有《沁園春·雪》《七律·長征》《清平樂·六盤山》等。

　　舊體詩為對格律有嚴格要求的詩、詞、曲、賦的一種通稱。

作品檔案

　　1936 年 2 月，毛澤東率領紅軍長征部隊到達陝北，準備渡河東征，開赴抗日前線。視察地形時，他登上海拔千米、白雪覆蓋的塬上，寫下了這首《沁園春·雪》。此詞讚美了神州大地的雄偉多嬌，歌頌了為中國革命事業奮鬥的人民英雄。

課文

沁園春·雪（節選）

毛澤東

北國風光，千里❶冰封❷，萬里雪飄。

望長城內外，惟餘莽莽❸；

大河上下，頓失滔滔❹。

山舞銀蛇，原馳蠟象❺，欲與天公試比高。

須❻晴日，看紅裝素裹❼，分外妖嬈❽。

❶ 千里：指範圍廣大。
❷ 冰封：結冰封凍。
❸ 惟餘莽莽：只剩下無邊無際白茫茫一片。
❹ 滔滔：奔湧的水勢。
❺ 蠟象：白象。
❻ 須：等到。
❼ 紅裝素裹：紅艷艷的陽光和白皚皚的冰雪交相輝映。
❽ 妖嬈：美好。

課文分析

《沁園春‧雪》是一首詞作，分為上下兩闋。詩人使用精準的詞語，從多角度、多感官描繪了一幅生機勃勃的北國雪景圖。從作品中可以看到晶瑩的冰河、銀白的雪原、紅艷艷的陽光，可以想象出天空晴朗的光亮，可以聽到撲打雪花的風吼、奔騰河水的濤聲。在這樣的聲光色彩中，詩人用比喻手法，將靜止不動的山嶺變成了飛舞的蟒蛇，將高原丘陵變成了奔跑的象群，就如同雄心勃勃的鬥士一樣敢與老天爭比高低。

 ## 練習

1. 課文中使用了哪些詞語及修辭手法進行描寫？描寫出一幅怎樣的畫境？

2. 課文中如何借景抒情表達詩人的情懷？表達了詩人怎樣的情懷？請說說你的感受。

3. 仔細分析課文中的詞語，說說你所聯想到的色彩。

詞語	色彩
冰封	
雪飄	
長城	
大河	
山	
原	
天公	
晴日	

4. 朗讀《天淨沙·秋》並回答問題。

天淨沙·秋

白樸

孤村落日殘霞，

輕煙老樹寒鴉，

一點飛鴻影下。

青山綠水，

白草紅葉黃花。

知識窗

《天淨沙·秋》
是白樸創作的一首散
曲。其中描繪了 12
種景物，表達了詩人
由憂愁到開懷的情
懷。

（1）仔細分析詩歌中的色彩、光影和聲音，找出相應的句子，填寫下表。

色彩	
光影	
聲音	

（2）詩歌描繪了什麼畫面？請畫出來。

63

（3）這幅畫描繪了什麼地方、什麼時間、什麼景象？

（4）這幅畫營造了什麼氣氛？

（5）你體會到了什麼情感？聯想到了什麼？

1. 閉上眼睛，想象颱風到來的情景，填寫下表。

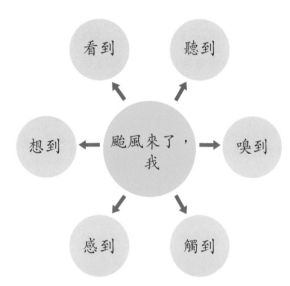

2. 結合生活體驗，大膽發揮想象力，回答下面的問題。

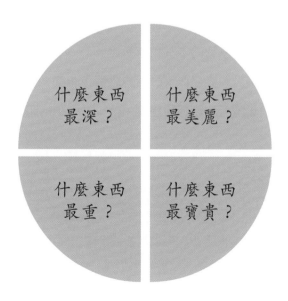

講解

　　由於時代社會的局限、自身能力的限制，人類有很多理想不能實現。現實的不足激發了人們的想象，越是不能實現，人們越想探尋、追求、發現。詩歌是人類表達願望的有效工具，想象是詩歌創作的原動力，是詩歌的靈魂。沒有想象就沒有詩歌。古往今來，所有優秀的詩歌都是以豐富的想象創造的藝術世界，都是藉助想象的力量表達嚮往和追求。敢於幻想，並且善於發揮想象的詩歌才是成功的作品，才具有恆久的審美和藝術價值。

　　詩歌的想象離不開藝術的誇張。誇張是一種修辭手法。為了突出某種事物的特徵，表達強烈的思想感情，作者運用豐富的想象力，對作品中所寫的事物在形象、特徵、作用、程度等方面有目的地放大或縮小，就是用誇張的手法來加強藝術的渲染，增強表達效果。

　　誇張可分為擴大誇張、縮小誇張和超前誇張三類。

 小提示

　　誇張的表現往往要藉助於比喻、比擬等其他修辭手法，相互結合在一起產生特殊的效果。

1. 擴大誇張是故意把一般事物往大處說。例如：蜀道之難，難於上青天。（李白《蜀道難》）

2. 縮小誇張是故意把一般事物往小處說。例如：教室裏靜得連一根針掉在地上都聽得到。

3. 超前誇張是從時間上進行誇張，把本來後出現的事物說成在先出現的事物之前，或者說成兩者同時出現，即在時間上總是讓後出現的事物搶前一步。例如：看見滿樹的桃花，就嗅出桃子甜蜜的味道來了。

誇張的修辭手法有以下作用：

1. 深刻、生動地揭示事物的本質和特徵。

2. 增強語言的感染力，表現作者鮮明的感情和態度。

3. 烘托氣氛，引起讀者的聯想和想象，給人以深刻的印象。

🗨 **作品檔案**

　　《望廬山瀑布》是李白隱居廬山時寫的一首風景詩。詩歌構思奇特而又精緻巧妙，語言洗練明快而又生動形象，形象地描繪了廬山瀑布雄渾、奇異、壯麗的景象。

📖 課文

望廬山瀑布

李白

日照香爐[1]生紫煙[2]，
遙看瀑布掛前川[3]。
飛流直下三千尺[4]，
疑是銀河[5]落九天[6]。

[1] 香爐：指廬山香爐峰。
[2] 紫煙：指日光透過雲霧，遠望如紫色的煙。
[3] 川：河流。這裏指瀑布。
[4] 三千尺：形容山高。這裏是誇張的說法。
[5] 銀河：晴天夜晚，天空呈現出一條明亮的光帶，夾雜着許多閃爍的小星，看起來像一條銀白色的河。
[6] 九天：九重天，即天空。用「九」極言其高。

🔍 課文分析

《望廬山瀑布》嫻熟巧妙地運用了比喻、誇張和想象等手法。

「日照香爐生紫煙」中的「香爐」指廬山的香爐峰。李白抓住了山峰像香爐的形狀特點，加以聯想和想象，用和香爐密切相連的「煙」來突出瀑布飛瀉、水汽蒸騰的特點。

「遙看瀑布掛前川」中的「掛」字充滿想象力，富有動感。作者遙望遠處，看到瀑布由高高的山上垂直而下，彷彿一條巨大的白練懸入山下的河流中。

「飛流直下三千尺」中的「飛」生動描繪出水流噴湧而出的畫面。「直下」既可以表現山峰的高峻，又可以突出水流的勢不可擋。「三千尺」是誇張，極言廬山的高聳。

「疑是銀河落九天」中的「疑是」將詩人面對自然奇景的驚歎展現得淋漓盡致。「銀河」從「九天」落下，使用比喻和誇張的手法，再次對瀑布的雄奇瑰麗進行渲染。

短短的四句詩，描繪了一幅宏大壯觀的畫面，構成了情景交融的詩歌意境，抒發了作者對大好河山的深情熱愛。

練習

1. 仔細分析課文中的修辭手法，找出相應的句子，填寫下表。

比喻	
誇張	
想象	

2. 朗讀《詠柳》並仔細分析詩歌中的修辭手法，找出相應的句子，填寫下表。

詠柳

賀知章

碧玉妝成一樹高，
萬條垂下綠絲縧。
不知細葉誰裁出，
二月春風似剪刀。

比喻	
誇張	
想象	
設問	
其他	

3. 發揮想象力，用誇張的修辭手法寫兩個句子。

第四課　怎樣創作自己的詩歌？

4.1 大膽夢想和想象

❓ 探究驅動

1. 用文字給自己畫像，說說自己有什麼特點？
2. 如果可以選擇，你想做一個什麼樣的人？為什麼？

📖 講解

　　詩歌是表達人們願望的工具。詩人常常運用想象的力量虛構一個現實中並不存在的世界，表達嚮往與追求。陶淵明的《桃花源詩》幻想了一個理想世界 —— 桃花源。這個理想國與世隔絕，遠離戰爭，和平寧靜。因為沒有田租賦稅，沒有剝削壓迫，老幼都能安樂享受，人人都過着豐衣足食的田園生活。

　　當陷入痛苦和迷茫時，詩人藉助想象的力量宣洩情感，減緩痛苦和迷茫。杜甫經歷國家戰亂，家人音信全無，飽受思念妻子兒女的痛苦。他用詩歌「何日倚虛幌，雙照淚痕乾」描繪想象中自己與妻子相聚的情景，抒發自己的情懷。

　　不同年齡、身份、地位、環境中的人都有自己的願望與幻想。不同性格、志向的人夢想也不盡相同。從一個人的夢想中能看出這個人的性格和志向。

📚 課文

我的夢想

我夢想

擁有一雙矯健的翅膀

飛上天空、飛過海洋

看清魔幻世界的模樣

我夢想

騎上那神奇的掃帚

揮舞 ① 起無敵的魔杖

擊敗 ② 惡毒鬼怪的瘋狂

① 揮舞：舉起手臂搖晃。
② 擊敗：打敗，戰勝。

我夢想

跟哈利‧波特一起

乘坐上飛翔的銀馬 ③

去會見傳說中的鳳凰 ④

③ 銀馬：銀子打造的馬。
④ 鳳凰：古代傳說中的百鳥之王，羽毛美麗。雄為鳳，雌為凰。

課文分析

　　這首小詩最突出的特點是想象力十分豐富。「我」一會兒扇動「翅膀」飽覽魔幻世界的風光；一會兒化身巫師，騎上「掃帚」與「鬼怪」作戰；一會兒和哈利‧波特一起「會見」神秘的「鳳凰」。這些看似不現實的情景在想象的世界裏變得生動可感，也正是詩歌魅力的所在。只要盡情發揮想象力，在詩歌的世界裏詩人可以「無所不能」。

練習

1. 課文表現了詩人的什麼夢想？

2. 從詩人的夢想可以看出詩人是一個什麼樣的人？為什麼？

? 探究驅動

朗讀下面的小詩，猜猜詩中寫的是什麼。

橢圓形的大腦袋

在人群中顯而易見

渾身的硬刺是你詭異的風格

淡黃之色頗顯儒雅

空氣中的異味叫人退避三舍

嚐上一口嫣然一笑

喜歡只因我懂你

流連留戀

講解

　　詠物詩是指藉着描寫特定的事物、動物或人物，來表現思想感情的詩歌作品。詩人在細緻描述的同時，寄託自己的感情。這類詩歌的特點是借物抒情，物中有情，情中有物，託物言志，情物交融。

小提示

　　詠物詩對事物的刻劃並非照相一樣原樣的記錄。

　　為了更加生動、細緻地描寫事物，詩人經常用擬人、比喻、雙關、借代等修辭手法，把物擬人化、人格化。詩人往往對所描寫的事物做出一種假設、想象、幻想式創造性的刻劃。這樣描寫出來的物，就是詩人心目中的物。這個物可能是詩人的自我寫照，可能是詩人想要讚揚的精神，也可能是詩人批判的對象。這樣的詩歌作品，把物的形象和詩人的情感完全融合在一起，或流露出詩人的人生態度，或寄寓了詩人的美好願望，或包涵了深刻的生活哲理，或表現出詩人的生活情趣。

朱淑真（1135-1180）　南宋著名女詞人

　　朱淑真，號幽棲居士。朱淑真多才多藝，通音律，善繪畫，詩歌和詞作成就突出，與宋代女詞人李清照齊名。代表作有《斷腸集》《斷腸詞》等。

作品檔案

　　《詠直竹》表達了朱淑真對「忠貞」的看法。詩人選取筆直有節的「竹子」為意象，突出了自己認為婦人應該遵守節操、堅貞不渝的看法。

課文

詠直竹

朱淑真

勁直忠臣節，孤高烈女❶心。
四時❷同一色，霜雪不能侵。

❶ 烈女：剛正有節操的女子。
❷ 四時：四季。

🔍 課文分析

　　《詠直竹》首先抓住了竹子外形筆直的特點，把它和女子忠貞、剛直的品格聯繫在一起。然後，又抓住了竹子四季常青的特點，把它和女子堅定的自我意志和決心聯繫在一起。在這首詩裏，竹子就是品性美好、性格堅強的女子的化身。寫竹子，就是寫女子的人生態度和精神氣質。

📖 練習

1. 詩人從竹子的什麼特點展開聯想？

2. 詩人把竹子比作什麼樣的人？這種人有什麼特點？

3. 詩人借描寫竹子抒發了什麼感情？

📖 講解

　　萬事萬物都有各自的特點。對同一描寫對象，不同的詩人會選擇不同的特點來創作自己的詩歌，表達個人情懷。

　　要寫好詠物詩，就要學會從自己的角度來看待常見的事物，運用想像力與創造力，使用新奇的方法、語言、形式來描述常見的事物，表達出自己獨特的感情，寫出新奇別緻的詠物詩。

鄭板橋（1693-1765） 清代著名書畫家

鄭板橋，原名鄭燮，號板橋，清代著名文學家、書畫家、詩人。鄭板橋的詩、書、畫頗有文人氣質，被稱為「三絕」。代表作有《竹》《沁園春》《石頭城》《桃葉渡》《竹石》等。

作品檔案

《竹》是鄭板橋眾多關於「竹」作品的一首。詩歌用擬人的修辭手法，突出了竹子生長的特點，同時突出了知識分子在骨子裏絕不屈從世俗的氣節。

課文

竹

鄭板橋

一節復一節，

千枝攢[1] 萬葉。

我自不開花，

免撩[2] 蜂與蝶。

[1] 攢：聚，湊齊。讀 cuán。

[2] 撩：騷擾，挑弄，引逗。

課文分析

《竹》抓住了竹子只長葉子、不開花的特點，把它和自己為人處世的人生態度聯繫在一起。突出這個特點是為了借用竹子潔身自好、清白高潔，不想引人注目、貪圖虛名的品性，來表達自己的品格氣質。

詩中讚揚竹子不像花兒一樣爭奇鬥艷，招來蜜蜂、蝴蝶干擾自己的生活，而是甘於清淨自處，按照自己的意志生存的特點，來寫自己不想與世人比試高低，只想超脫世俗，親近自然，堅守做人原則的志向。寫竹子，就是寫鄭板橋自己的人生態度和精神氣質。

✏️ 練習

1. 詩人從竹子的什麼特點展開聯想？

2. 詩人把竹子比作什麼樣的人？這種人有什麼特點？

3. 詩人借描寫竹子抒發了什麼感情？

4. 課文中竹子的特徵和《詠直竹》中竹子的特徵有哪些區別？

📖 講解

小提示

要善於從物的外表、作用等方面展開聯想。從物聯想到人，從物的特點、屬性聯想到人的情感、品格。

寫詠物詩，一般先選定描寫對象，找出描寫對象的特點，把它當成和自己一樣的人進行聯想、想象，從物的角度思考、說話。這樣建立物與人之間的聯繫，把物人格化，通過描寫物，表達人的情感。

有時候為了更好地抓住描寫對象的特點，可以把要描寫的物當成和自己對話的人。問它一些問題，想象一下它的回答，記錄下來。之後，要總結物的特點，開展聯想和想象，寫出自己的詩句。

請看梅花圖，讀讀這段與梅花的對話。

問：你的外貌有什麼特點？

答：我的枝幹挺拔、花色動人，花瓣呈淡粉色或
　　白色，香味極濃。

問：你最獨特之處是什麼？

答：我在早春開放，迎雪吐艷，凌寒飄香。我在任何地方都能生長，高山
　　上、岩石間、庭院裏。我不怕風寒，不俗不媚，獨立高雅。

問：你有什麼實際功用？

答：我的果實可食用，做梅乾、梅醬、話梅、梅湯、梅酒等，亦可
　　入藥。

問：人們喜歡你嗎？為什麼？

答：從古至今人們都很喜歡我。因為我美麗，給人們帶來春色，也因為我
　　全身是寶。

問：如果把你比作人，你屬於哪一種人？

答：我具有堅韌不拔、不屈不撓、奮勇當先、自強不息的精神。我是具有鐵
　　骨冰心的崇高品質和堅貞氣節的君子，我是中華民族的精神象徵。

作家名片

王安石（1021-1086）　　北宋著名文學家

　　王安石，字介甫，北宋著名思想家、政治家、文學家。王安石的詩詞卓越，散文突出，為「唐宋八大家」之一。代表作有《王臨川集》《臨川集拾遺》等。

作品檔案

　　《梅花》是在王安石的變法主張被推翻，鬱悶之時所作的。詩人以處於惡劣環境中仍然能夠抵擋風雪、獨自綻放、散發芳香的梅花作為意象，讚美了潔身自好、正義愛國、不畏強權的高尚品格。

課文

梅花

王安石

牆角數枝梅，

凌❶寒獨自開。

遙❷知不是雪，

為❸有暗香來。

❶ 凌：冒着，迎着。
❷ 遙：遠遠地。
❸ 為：因為。

課文分析

　　這首五言絕句是膾炙人口的詠物詩。詩歌以梅花為核心意象，以花擬人，用梅花來象徵意志堅強、品格高潔的人，讚美他們像梅花一樣，在惡劣環境下，傲然挺立，綻放自己，香飄人間，用偉大高貴的人格感染天地。

練習

1. 課文抓住了梅花的什麼特點？

2. 課文從梅花的什麼特點聯想到了「雪」？

3. 詩人使用了哪些修辭手法把梅花形象化、人格化？

4. 詩人把梅花比作什麼樣的人？這種人有什麼性格特點？

5. 哪些詩句表現了詩人聯想與想象的能力？

6. 獨立創作。請選擇一種水果進行詠物詩寫作練習。可以按照以下步驟進行創作。

第一步：想象你面對的水果是一個人，問它一些問題，想象它的回答。

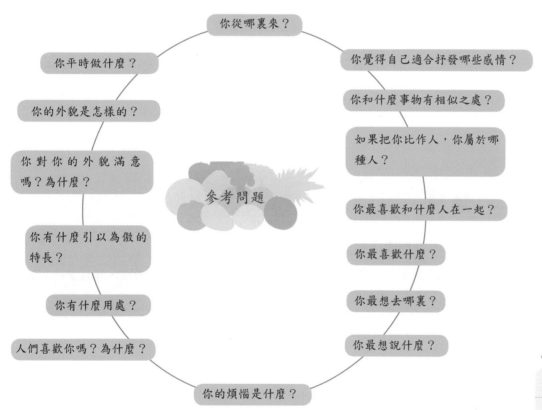

你從哪裏來？

你平時做什麼？

你的外貌是怎樣的？

你對你的外貌滿意嗎？為什麼？

你有什麼引以為傲的特長？

你有什麼用處？

人們喜歡你嗎？為什麼？

你的煩惱是什麼？

你覺得自己適合抒發哪些感情？

你和什麼事物有相似之處？

如果把你比作人，你屬於哪種人？

你最喜歡和什麼人在一起？

你最喜歡什麼？

你最想去哪裏？

你最想說什麼？

參考問題

第二步：記錄答案。

第三步：根據記錄的內容總結水果的特點。

第四步：展開聯想和想象，創作出自己的詩句。

小提示

可以補充你想到的其他問題。

在回答的時候要想象出一些細節。

在記錄的時候盡量寫完整的句子。

探究驅動

從下面每欄各選一個詞，串聯起來組成新奇有趣的句子。

讓	煩悶	懶懶地	淹沒	黃昏
給	風	輕輕地	吹落	帽子
被	美	用力地	撞到	一生
拿起	生命	狠狠地	糾纏	整個冬天
將	永恆	溫柔地	啃掉	終身
替	晚霞	偷偷地	吞噬	夜晚
陪	白色	張牙舞爪地	騙	黎明

例子：讓煩悶懶懶地淹沒黃昏。

講解

詩歌運用意象構成意境來抒發情感。

意象可以分開來看，「意」是情感，是看不見的；「象」是形象，是具體的景物或者事物。李白的《靜夜思》中，月光、霜、明月都是具體的形象，都含有想和家人團圓的情感，是詩歌的意象。

意境又叫情景交融，是由意象組成的一幅整體圖境，其中融入了作者鮮明濃烈的感情，是意、象交融而形成的一種情景交融的藝術境界。讀者進入這個圖境，可以感受到作者的情感，並被這樣的情感深深打動。

把一種感覺描述成一個東西，或者把一種看不見的心境用一幅看得見的圖畫描繪出來，這種把情感蘊含在圖畫中就是營造詩歌的意境，是詩歌表達情感的典型方法。

在寫作詩歌之前，詩人一般先明確自己想要表達的情感，然後選出一些意象，最後把這些意象結合起來構成意境，組成一個畫面。

白居易（772-846） 唐代著名詩人

白居易，字樂天，中唐時期最具代表性的文學家、詩人，新樂府詩的倡導者。白居易的詩詞題材廣泛、平易通俗。代表作有《賦得古原草送別》《長恨歌》《琵琶行》《秦中吟》等。

作品檔案

《賦得古原草送別》是白居易的成名之作。成詩時，白居易才 16 歲。可以從詩句中讀出詩人內心如「野草」般的韌勁。「野火燒不盡，春風吹又生」這兩句千百年來鼓勵了許許多多失意之人。

課文

賦得古原草送別

白居易

離離[1] 原上草，一歲一枯榮[2]。

野火燒不盡，春風吹又生。

遠芳[3] 侵[4] 古道，晴翠[5] 接[6] 荒城。

又送王孫[7] 去，萋萋[8] 滿別情。

[1] 離離：繁盛的樣子。
[2] 榮：茂盛。
[3] 遠芳：延伸到遠處的芳香的野花野草。
[4] 侵：蔓延。
[5] 晴翠：陽光照耀下草地反射出的碧綠光色。
[6] 接：連接。
[7] 王孫：原指貴族公子。這裏指送別的友人。
[8] 萋萋：草木茂盛的樣子。

🔍 課文分析

　　《賦得古原草送別》通過對古原上野草的描繪，用彌漫原野的萋萋春草為意象，表達自己無窮無盡的惜別之情；用小草綿綿不盡旺盛的生命力，比喻自己對朋友情誼的永恆與長久。詩歌情景交融，抒發了送別友人時的依依惜別之情。

📖 練習

1. 課文描繪了一幅怎樣的圖畫？表達了什麼情感？

2. 在課文描繪的圖畫中你看到了什麼？由此聯想到了什麼？

3. 請根據課文的描繪，畫出一幅圖畫。

講解

新詩和古詩一樣，都講究運用意象來營造意境、表達情感。選用恰當的意象，能使抽象的情感形象化，用文字描繪出情景交融的圖畫，傳遞出詩人的思想情感，構成詩歌獨特的風格。

只有將「意」與「象」巧妙地結合，才能構成詩歌生動的意境，表達詩人的情感，令讀者產生共鳴。欣賞詩歌時，要留意詩歌如何用具體的「象」表達抽象的「意」。

作家名片

魯藜（1914-1999）　現代著名詩人

魯藜，原名許圖地，中國現代新詩作家、「七月派」詩人。魯藜的詩歌作品短小精練，長於抒情，蘊含哲理。代表作有《泥土》《醒來的時候》《天青集》等。

作品檔案

《泥土》告誡人們要用正確的態度對待生活，體現魯藜在民族危亡、國難當頭時對人生、社會的思考。《泥土》雖篇幅短小，卻情感豐富、內涵深刻，被廣為傳頌，魯藜也被譽為「泥土詩人」。

課文

泥土

魯藜

老是把自己當作珍珠
就時時有怕被埋沒的痛苦
把自己當作泥土吧
讓眾人把你踩成一條道路

課文分析

《泥土》是一首格言式的抒情短詩。詩人借用「珍珠」和「泥土」兩個為人熟知的物為意象，闡述了一種生活哲理，宣揚了一種人生態度：要甘於平凡、甘於奉獻，不要只為自我炫耀、一味索取。詩人巧妙地運用對比的手法，將「珍珠」與「泥土」兩個意象進行象徵性對比，利用形象貼切的比喻，把深刻的道理表達得平易近人、形象生動，給人留下深刻的印象。

練習

1. 詩歌選用什麼「象」來表達什麼「意」？

2. 填寫下表，為「象」尋找合適的「意」。

象	鑽石	黃金	小草	泥土	石頭
意					

3. 填寫下表，為「意」尋找合適的「象」。

意	孤獨	悲傷	歡喜	憤怒	痛苦
象					

4. 獨立創作。

（1）要表達對父母的感激之情，可以選擇哪些意象？將意象組成畫面，寫出詩句。

（2）要表達對好友的思念之情，可以選擇哪些意象？將意象組成畫面，寫出詩句。

？ 探究驅動

你認為寫作詩歌的一般步驟是什麼？請給下面的步驟排序。

☐ 選定適宜的修辭手法。

☐ 確定想要表達的情感。

☐ 尋找相應的意象。

☐ 尋找押韻的字詞。

講解

　　寫詩歌是為了抒發感情和志向，詩歌表達的是詩人的夢想、幻想和希望。每個人都有各種各樣美好的夢想，這是我們生活、學習進步的動力。人類也如此，夢想一直是人類前進和完善自我的推動力。也許你的夢想還不夠成熟，但是這些夢想是人生的寶貴財富。在進行詩歌創作時，它們是創作的靈感源泉，也是最好的素材。

課文

我的夢想

我有一个夢想

我夢想着

把地球上的學校

建造在天空中每一片白雲之上

白雲下面
不同膚色的孩子都有課堂
白雲上面
不同語言的笑聲時刻迴蕩 [1]

① 迴蕩：（聲音等）迴響
在耳邊，發出回聲。

② 廣闊無邊：形容地方
大，大到看不到邊。

廣闊無邊 [2] 的藍天
是我們跳躍的操場
四季浩蕩 [3] 的風兒
是我們飛翔的翅膀

③ 浩蕩：形容如水勢一樣
洶湧壯闊。

月亮高聲對我們說
世界在你們的腳下
星星低聲對我們講
明天在你們的前方

🔍 課文分析

　　課文的作者是一位國際學校教師。他希望在世界的任何一個地方，適齡的孩子都
能有受教育的機會，在地球的每一個角落，孩子們都能愉快地學習成長。他用詩歌的
形式表達出這一願望。

📖 練習

1. 課文詩歌的書寫格式有什麼特點？

2. 詩歌的節奏、韻律有什麼特點？

3. 詩歌採用了什麼修辭手法？

4. 詩歌在聲、色、光影的安排方面有什麼特點？

5. 哪些詩句表現了詩人聯想與想象的能力？

6. 詩歌抒發了什麼情感？

7. 詩人選用了什麼意象來表達這些情感？

8. 獨立創作。如果你許下的願望都可以成真，你會許什麼願望？請許一個願，然後大膽想象，創作一首詩來表達願望、抒發感情。可以按照以下步驟進行創作。

寫作構思表

步驟	參考	你的想法
第一步：擬定題目	如：我的夢想、如果	
第二步：確定第一句	如：我有一個夢想	
第三步：確定要押的韻	詩歌第一句的最後一個字是「想」，韻母是 ang。按照 1、2、4 句押韻的規律，這首詩要押 ang 韻。寫出所想到的 ang 韻字詞，如： 光、亮、長、善良、香港、陽光、海洋、方向、翺翔、翅膀、綻放、健康、成長、故鄉、地方	
第四步：選擇需要的字詞組句	在這些押韻的字詞中選擇需要的詞語，放在 2、4 句的句尾來押韻，然後組成句子，如： 人人熱愛自己的故鄉 有一個地方叫香港 窮人富人一同成長 年輕的理想在綻放	
第五步：選擇合適的句子，完成一個小節	在眾多句子中找到在意思上有聯繫的句子，組合在一起成為一個段落，如： 我有一個夢想 香港是個平等的地方 人人都互相幫助 窮人富人一同成長	

評估寫作自查表

題目	我的詩歌題目是 _____。我的詩歌題目有趣，有特色。
格式	我的詩歌有 _____ 節。
韻律	我把詩歌排列了兩次以上，並嘗試了不同的韻律安排。
修辭	我在詩歌中使用了多種修辭手法，如 _____。
用詞	我沒有用單調、乏味的詞語，如有趣、搞笑、開心、好、壞、東西。我精心挑選了一些有趣、新奇的詞語，如 _____。
檢查	我檢查了有無錯別字。 我檢查了是否押韻。 我檢查了意象、意境的安排。

評估寫作交流表

同學：_____　　老師：_____

同學意見	老師意見

Ⓐ 單元核心概念理解

從詩歌的角度理解本單元的核心概念 —— 關聯。

我發現：

- 自然與 ＿＿＿＿＿＿ 之間的關聯；

- 人的情感與 ＿＿＿＿＿＿ 之間的關聯；

- 詩歌文字的表面意思與 ＿＿＿＿＿＿ 之間的關聯；

- 詩歌表達的抽象情感與 ＿＿＿＿＿＿ 之間的關聯；

- 詩歌使用的修辭手法和技巧與 ＿＿＿＿＿＿ 之間的關聯；

- 所以，我對「關聯」這個概念有了 ＿＿＿＿＿＿ 的理解。我覺得這個概念也可以幫助我理解 ＿＿＿＿＿＿ 的問題。

Ⓑ 單元學習內容理解

1. 這個單元的主要內容是什麼？

2. 你學會了什麼？你認為學到的東西有什麼用處？

3. 在這個單元的學習中，你最大的收穫是什麼？

4. 在這個單元的學習中，你遇到了哪些問題？解決了嗎？是如何解決的？

5. 這個單元你最喜歡的作品是哪篇？為什麼？

單元二

觀賞表達，見仁見智

第一課　如何賞析圖畫作品？

探究驅動

1. 你最近讀了什麼書？請介紹一下這本書。

作品名稱 _____　特點 _____

主要內容 _____

2. 你喜歡這本書嗎？為什麼？

講解

　　讀了一篇文章或一本書、看了一張圖片或一個影視節目、聽了一首音樂作品之後，把自己瞭解的信息、獲得的感受、受到的教育、得到的啟示等用文字記下來，寫成文章，這樣的文章就叫讀後感、觀後感、聽後感。

　　在日常生活中，每個人都離不開閱讀、觀看和聆聽，這些活動給不同的人帶來不同的感受。有些感受非常深刻，影響到人的情感、思想，甚至是行為變化。讀後感、觀後感、聽後感將這些感受記錄下來，傳播交流，對個人和人類的發展都有益處。

作家名片

聖埃克蘇佩里（1900-1944）　　法國知名作家

聖埃克蘇佩里是一位職業飛行員，同時兼任小說作家。他寫了許多描寫飛行生活的作品。最著名的是童話《小王子》，成為影響全世界的經典之作。代表作有童話《小王子》，小說《夜航》，散文集《人類的大地》《空軍飛行員》等。

作品檔案

1943年法語版《小王子》在紐約問世，後被譯成42種文字。至今，無論在東方還是西方，《小王子》都是全世界大人和孩子喜愛的作品。小說中表達了聖埃克蘇佩里對世界的思考和對生活的感悟。淺顯的文字背後隱藏着對人類生存意義的反思，具有深刻的哲理性，字裏行間流露着自然優雅的詩意。

課文

讀《小王子》有感

基本資料

書名：《小王子》

作者：聖修伯里（台譯）

譯者：李懿芳

出版社：核心文化事業有限公司

出版日期：2007年

內容簡介

《小王子》是法國作家聖埃克蘇佩里寫的一本世界名著，講述了一個美麗、單純的故事。講故事的人是一位飛行員。在一次飛行中，因飛機引擎❶故障，他墜落到了撒哈拉沙漠。在那裏，他遇到了小王子。在他們的交往中，小王子講述了他在自己星球上的故事。小王子因和美麗卻虛榮心❷過強的玫瑰花之間小小的誤會而離開了故鄉，到六個不同的星球旅行。飛行員從小王子和他的故事中找回了兒時的童

❶ 引擎：發動機。

❷ 虛榮心：不務實際，只貪慕浮名富貴的心理。

真和對待事物單純的看法；小王子也給讀者帶來了無價之寶 ③ —— 美麗的心靈。不久後，他離開了這個世界。

讀後感想

《小王子》是一本非常神奇的小說，書中人物的對話中蘊藏着深刻的人生道理。

④ 內涵：（語言、作品等）
所包含的內容。

第一次讀《小王子》時，我並不理解這個故事的內涵 ④。為什麼人們總說這本書很好呢？為什麼大家都推薦這本書呢？抱着求解的好奇心，我又用心讀了一遍。這次，我終於讀懂了！在成長過程中，許多人看世界的眼光因受他人的影響而不由自主地發生了變化，成年後皆帶着面具做人。書中所寫的六個星球的人就是這樣：喜歡權威的國王，認為所有人都是他的下屬；自大的人，認為所有人都崇拜他；為自己喝酒感到羞恥的酒鬼，卻為了忘掉羞恥而酗酒；精於計算的生意人，為了沒有任何用處的財富而忙碌；整天忙着點燈的點燈人，不動腦子、不問原因，只知道兢兢業業 ⑤、服從命令；迂腐 ⑥ 的地理學家，只會等待着別人給他資料。這些人都忽視了人生中最重要、最可貴的東西，失去了小王子所說的心靈之美。

⑤ 兢兢業業：形容做事謹
慎，勤奮刻苦，認真
負責。

⑥ 迂腐：言行拘泥於陳腐
的準則，不合實際。

我覺得這本書真的很好，作者藉小王子之口，用簡單易懂的語句告訴了讀者深刻的人生哲理：看事物要用心靈去看，不是看表面，而是看內在本質。可惜，小孩子能用好奇、天真、美好的心靈去看待眼前的世界，而大人卻常常忽略這一點。

書中的語言給人一種淡淡的憂傷之感，讓人難以忘懷。讀完這本書，我開始學習小王子，用自己的眼光看世界，聆聽自己的心靈，去領悟複雜的道理。

「我所看到的，只不過是一個外殼❼。最重要的東西，用眼睛是看不見的。」這是作者在與小王子相處後的領悟。確實，表面現象只不過是事物的外殼和掩飾❽罷了，真正的本質和事實，藏在心靈的深處。

❼ 外殼：包圍在物體外面，起遮蓋和保護作用的一層堅硬東西。

❽ 掩飾：掩蓋文飾。

相關知識

讀後感一般包括四個部分：

第一部分：書籍或文章的基本資料

第二部分：書籍或文章的內容簡介

第三部分：讀者的閱讀體會、個人感想

附錄：警句格言、好詞佳句、仿寫詞句或段落

讀後感格式

基本資料
書名：
作者：
譯者：
出版社：
出版日期：
內容簡介
讀後感想
附錄

小提示

　　附錄可根據閱讀的實際情況靈活處理。

小提示

　　記敍性的作品可以採用「六要素」來概括內容。

✎ 練習

1. 這篇讀後感包括幾個部分？每個部分的主要內容是什麼？

2. 請舉例說明作者兩次閱讀小王子的感想有什麼不同？

3. 請閱讀《小王子》，並談談你閱讀後的感想。你的感想跟作者的感想有哪些相同之處？有哪些不同之處？

📖 講解

瞭解一本書最好的方法不是閱讀，而是寫作。寫讀後感為讀者提供了一個獨立思考、自我判斷、發表個人見解的機會。在閱讀他人作品的同時，會不斷思考，從而形成自己的看法，建立自己的觀點。寫讀後感需要進行反覆深入的閱讀，深入閱讀就會有所發現，在發現的基礎上展開探討，必然加深對作品的理解。

寫作讀後感要求讀與寫同步、理解與運用同步，在接受知識和信息的同時進行有效地交流和自我表達，為將來寫作品評論打下基礎。通過寫讀後感，學習用文字寫出自己的看法，發表自己的觀點，表達自己的感情，不僅練習了字詞句的使用、掌握了書面寫作的方法，同時也養成了良好的閱讀與寫作習慣。

👤 作家名片

三毛（1943-1991）　　著名台灣女作家

三毛，原名陳懋平（後改名陳平），是一位風靡華人世界的作家。她的散文取材廣泛，具有異國情調和浪漫傳奇色彩，成為「流浪文學」的經典之作。代表作有《撒哈拉的故事》《哭泣的駱駝》等。

💬 作品檔案

《撒哈拉的故事》是三毛的第一部作品集。這部作品集由一系列在單調荒涼的沙漠中發生的充滿生活樂趣的故事組成。可以透過三毛在沙漠中的所見所聞，感受到她對質樸生活的熱愛。全書語言自然幽默，故事生動感人，有很強的感染力。

課文

讀《撒哈拉的故事》有感

基本資料

書名：《撒哈拉的故事》

作者：三毛

出版社：皇冠出版社

出版日期：1998 年 10 月

內容簡介

這是一本描述三毛在撒哈拉沙漠生活經歷的散文集。

三毛離開家鄉台灣，與丈夫一起來到撒哈拉沙漠生活。書中講述了他們在沙漠中的冒險❶故事，充滿了神奇色彩。作者的描寫細緻生動、情深意長，其中有關探險的描述更是扣人心弦❷。作者把撒哈拉沙漠寫得獨特美麗、令人嚮往。

❶ 冒險：不避危險而勇往直前。

❷ 扣人心弦：形容感染力很強的事物使人心情無法平靜。

讀後感想

《撒哈拉的故事》是一本令人愛不釋手的書，讓我回味無窮❸。

我非常佩服三毛的勇氣。她一個女子，竟然敢於離開舒適的環境，去荒涼的沙漠中生活。誰都知道沙漠的生活十分艱苦，自然環境惡劣❹，沒有家人和朋友，任何事情都要自己面對。但是，就是因為三毛決定去沙漠探險，她才有機會得到很多奇妙的體驗，學到許多寶貴的知識，甚至收穫自己一生的摯愛。由此，我想到如果我能更加勇敢，也會得到更多的機會和美好的體驗。

這本書除了故事非常吸引人外，作者還把撒哈拉沙漠描寫得非常美。我在讀故事時彷彿置身於風景優美的世外桃源❺之中，讓我有了想去撒哈拉沙漠旅行的衝動。

❸ 回味無窮：形容事後細細玩味、體會，越想越有意思。

❹ 惡劣：很壞。

❺ 世外桃源：比喻不受外界影響的地方或理想中的美好地方。

這本書非常精彩。作者的描寫逼真，充滿真情實感，讓我一邊讀一邊體驗撒哈拉沙漠中的風土人情，感受那種震撼心靈的人性美，我向大家推薦這本書！

🔍 相關知識

有的同學說：「我喜歡讀書，但是不喜歡寫讀後感。寫讀後感太難了。」這些同學所說的讀書是泛泛而讀。這種不求甚解的廣泛閱讀的確是一種快樂，但是這種快樂是短暫的，因為對作品的理解不夠深入，所以很快就會遺忘。閱讀的時候，被作品的某方面吸引，萌發出激情、衝動、想法。若當時用文字把它們記錄下來，就會給我們留下更深刻的印象，甚至是長久的記憶。

📝 練習

1. 作者喜歡這本書嗎？哪些地方表現了作者的喜愛？

2. 作者從書中得到了什麼啟示？明白了什麼道理？

3. 作者為什麼向大家推薦這本書？

4. 讀了這篇讀後感後，你想去讀這本書嗎？為什麼？

小提示

剛開始寫讀後感感覺很難，寫多了就不難了。只有不怕寫，才能喜歡寫。只要喜歡寫，就一定能寫好。

閱讀視覺文本的方法

？ 探究驅動

辨析詞語的意思，填入下面的四個籃子中。

怪模怪樣、絢麗繽紛、方方正正、新穎美觀、色彩斑斕、憨態可掬

萬紫千紅、奇形怪狀、工藝精巧、豐富多彩、千姿百態、玲瓏剔透

有棱有角、挺拔俊秀、精巧細密、小巧玲瓏、搖搖擺擺、精雕細刻

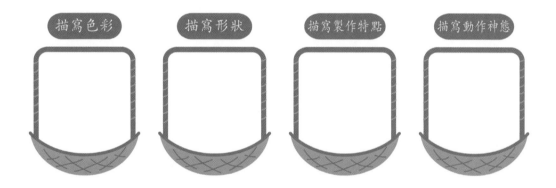

描寫色彩　　描寫形狀　　描寫製作特點　　描寫動作神態

📖 講解

視覺文本是指運用視覺符號塑造可見的形象來表情達意的作品。視覺符號是一種表現作品思想和內涵的藝術符號。這裏我們重點介紹畫面視覺符號。

線條、光線、色彩、形狀、構圖等要素是構成畫面的重要視覺符號，製作者將它們按照一定的順序編排組合，製成視覺文本。無論是繪畫、攝影、雕塑等靜態的作品，還是戲劇、電影、電視、動畫等動態的作品，都離不開這些符號，以構成具有美感和意蘊的畫面。

視覺文本使用的是圖像語言，與文字文本相比，圖像能傳達出更深層次的內涵。要想理解視覺文本，就需要掌握與閱讀文字文本不同的技能，要暸解和掌握其中使用的藝術手法和視覺符號。

> **知識窗**
>
> 視覺文本在展現視覺畫面的同時又隱藏了某些東西，吸引着觀者去探尋那些隱秘的事物，激發觀者的聯想和想象。

視覺素養是指人們正確識別、理解、鑒賞、運用、創造視覺材料的能力。學習視覺文本就是為了提高視覺素養，增強處理視覺信息的能力，培養解讀視覺圖像的能力，提高運用視覺符號進行創造和交流的能力。

信息社會的發展要求當代人不僅要具備閱讀文字文本的能力，更要擁有閱讀視覺文本的能力。從視覺形式着手研究文本的基本語義及語法、解讀視覺圖像、理解文本信息是必備的技能，沒有這種技能就無法適應社會的發展和需要。

畫家名片

齊白石（1864-1957）　　國畫大師

齊白石是詩、書、畫、篆刻皆造詣高超的藝術家，最擅長畫花鳥蝦蟹。一生勤奮創作，勇於大膽創新，對中國畫的發展影響巨大。代表作有《荷花蜻蜓圖》《蛙聲十里出山泉》《墨蝦》等。

作品檔案

《荷花蜻蜓圖》是齊白石 90 歲時的畫作。有別於傳統中國畫用墨去體現事物特點的畫法，齊白石利用濃墨的葉子襯托鮮紅的花朵，使得「紅花」與「墨葉」形成了鮮明對比，畫面清新靈動，頗有一番意蘊。

課文

荷花蜻蜓圖

相關知識

　　光線是有意味的視覺符號。明亮的光表達出樂觀的情緒，柔和的光營造出浪漫的氣氛，暗淡朦朧的光表現出神秘感。

　　色彩可以揭示作品的視覺內涵。綠色經常與自然、健康、環保聯繫在一起，藍色則象徵平靜、廣闊和自由。

　　線條有不同的類型：直、曲、粗、細、長、短、虛、實、曲折、波浪等，將這些線條排列組合就構成了具有意味的圖案。不同形狀的線條可以令人產生不同的聯想和感受：粗壯的直線讓人聯想到筆直的樹幹，給人以挺拔堅強的感覺；波浪般的曲線讓人聯想到起伏的水面，給人以遼闊舒展的感覺。不同的線條排列，能造成動態或靜態的畫面感，給觀者以不同的視覺體驗，甚至會影響人們的情緒和思維判斷。

　　不同形狀會產生不同的視覺效果，蘊含着不同的象徵意義。圓形代表圓滿完整，長方形代表開闊平和，正方形代表平衡均勻，五角形代表希望光明等。

　　構圖是指畫面的佈局和安排，在中國傳統繪畫中稱為「章法」或「佈局」。優秀的畫家能在自己的畫面空間巧妙安排各種元素，構成新穎的畫面來表現作品的主題思想，呈現出主次分明、賞心悅目的最佳美感效果。

　　視覺符號具有某種約定俗成的表意元素，這種元素與人們的文化習俗、社會習慣、審美特點、民族心理等有密切聯繫。例如梅、蘭、竹、菊等圖案代表了中國文人清高雅潔的情趣，「福」「祿」「壽」「喜」等字樣代表了中國百姓吉祥安康的願望。這些視覺符號使人們產生聯想，喚起情感共鳴。

練習

1. 請上網查找齊白石作品的有關資料，回答下面的問題。

（1）齊白石是誰？請簡單介紹一下齊白石和他的經歷。

小提示

　　為了更深入理解作品，需要搜集相關資料。比如作品的創作者、創作背景和一些專業術語知識等。

（2）他畫了哪些畫？他的作品有什麼特點？

（3）你最喜歡他的哪幅作品？為什麼？

2. 《荷花蜻蜓圖》畫面上有什麼植物？你看到了植物的哪些部分？在你的記憶中，這種植物和圖畫中的有什麼區別？

3. 《荷花蜻蜓圖》中有哪些視覺符號？請填寫下表。

光線	色彩	線條	形狀	構圖

4. 《荷花蜻蜓圖》中哪些視覺符號體現了民族文化的元素？有什麼特殊含義？

5. 你覺得作者通過這個視覺文本想要表達什麼？

6. 這幅作品中的景物讓你產生了什麼聯想？給你一種什麼感覺？

小提示

　　請注意蜻蜓飛舞的時間和季節。

7. 詞語練習。

（1）請把下面的詞語和正確的意思相連。

風骨剛健	某種思想、行為或學說之間有繼承關係。
生機盎然	堅持寫作，從不因為任何外在原因而停止。
筆耕不輟	為人誠實樸素，心地仁慈。
凸顯	指人的氣概、性格堅強不屈，有骨氣。
勾勒	充滿生氣和活力。
淳樸善良	清楚地顯出。
一脈相承	指用線條畫出輪廓。

（2）辨析詞語的意思，填入下面的三個籃子中。

敢於探索、風骨剛健、構圖優美、一脈相承、層次豐富、色彩和諧

執着追求、淳樸善良、筆耕不輟、靈動流暢、雅俗共賞、水波蕩漾

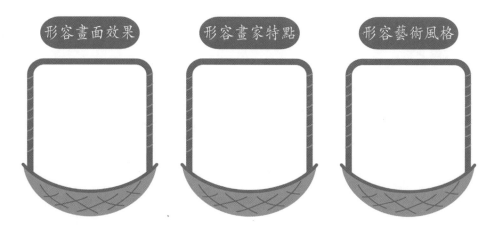

形容畫面效果　　　形容畫家特點　　　形容藝術風格

觀後感的內容要點

❓ 探究驅動

1. 你在照片中看到了什麼景象？照片中有哪些視覺符號？

2. 照片中的色彩和光線有什麼含義？

3. 照片中的景物讓你產生了什麼聯想？給你一種什麼感覺？

小提示

當你對一部作品非常熟悉之後，才能夠寫出有自己感想的文章。

📖 講解

觀後感是指在觀看視覺文本作品時，對它的內容情感、視覺符號以及藝術效果產生的感受和看法。寫作者要用準確的語言文字將自己看到的、感受到的內容有條理地表達出來，寫成文章。

觀《荷花蜻蜓圖》有感

《荷花蜻蜓圖》為齊白石先生 90 歲所畫的作品，是中國畫「紅花墨葉」的代表作。

畫面的左上方有兩片荷葉，灰綠的葉面上勾勒① 出了葉脈紋絡，像一把如蔭似蓋② 的大傘。在這片葉子下面是另一片墨色的葉子。兩葉之間有幾片胭脂紅的荷花花瓣，一個小小的蓮蓬夾在中間。紅色的花苞在墨色的荷葉之間 ——「萬綠叢中一點紅」③，顯得特別突出和耀眼。畫面右邊荷花的藤稈像是荷葉大傘的手柄，三株藤稈向左傾斜，粗細長短不一，彼此交叉，看起來好像是被巨大的葉子壓彎了一樣。畫面的下半部，橫向的線條畫出了水的波紋，看久了彷彿可以感到微風吹動，水波起伏蕩漾④，水面上飛過一隻蜻蜓。在畫面的右下角有畫家落款⑤ 和一枚紅色印章。整個畫面動靜結合、生動活潑，色彩和諧，構圖優美。

「紅花墨葉」的畫法由齊白石先生獨創。紅色的花和黑色的葉形成了強烈對比。墨色濃中有淡，層次豐富，黑色、灰色、綠色和紅色相互映照。構圖虛實相間，靈動流暢。線條有粗有細，相互映襯⑥，自然和諧，凸顯了中國畫的審美趣味。

齊白石先生作畫講究「在似與不似之間」，這正是中國藝術寫意⑦ 與神似⑧ 的體現。這幅荷花圖像是大自然中的荷花，更像是畫家心目中的荷花。枝幹有力，象徵人的風骨剛健⑨；花葉繁茂，象徵生命力的蓬勃；水波蕩漾，象徵生機盎然⑩；蜻蜓起舞，象徵自由歡悅。

中國文人喜愛荷花，著名的《愛蓮說》用荷花比喻君子高潔的品格。齊白石先生也喜愛荷花，他的荷花圖也畫出了君子的精神氣質，與傳統文化一脈相承⑪。從圖中既可看出齊白石先生精湛⑫ 的畫技，也可看出他對荷花般人格品質的讚美。

① 勾勒：用畫筆做記號，簡單地描繪事物。勒，讀 lè。

② 如蔭似蓋：形容綠葉長得十分茂盛，像傘一樣遮蓋着。蔭，讀 yìn。

③ 萬綠叢中一點紅：大片綠葉叢中有一朵紅花非常醒目。比喻在眾多事物中突出最精彩的一點，足以引起人們的注意。叢，讀 cóng。

④ 起伏蕩漾：指水波一起一伏地動。漾，讀 yàng。

⑤ 落款：指在書畫作品尾端的作者署名。

⑥ 映襯：映照烘托。襯，讀 chèn。

⑦ 寫意：注重用簡練的筆墨描繪物體神態，抒發作者情趣，以達到意境。

⑧ 神似：神態、氣韻極為相似。

⑨ 風骨剛健：指人的氣概、性格堅強不屈，有骨氣。

⑩ 生機盎然：充滿生機和活力，形容生命力旺盛。盎，讀 àng。

⑪ 一脈相承：由一個血統或一個派別承傳沿襲下來。

⑫ 精湛：精良深厚，形容技術高超。湛，讀 zhàn。

齊白石先生熱愛大自然。他的花草蟲魚畫質樸純真、雅俗共賞，洋溢着濃郁⑬的生活氣息。齊白石先生的成功不僅源於他「不教一日閒過」的勤奮，90 高齡仍堅持繪畫，筆耕不輟⑭；還源於他對藝術的執着追求，終生都在努力探索，不斷創新；更源於他對生活的熱愛，保有一顆淳樸善良⑮之心。從他的作品中，我得到了深刻的啟示：一個人要想取得成就，就必須勤奮努力，必須敢於探索和創新，還必須要熱愛生活、善待生活。

相關知識

圖畫作品觀後感一般包括四個部分：

第一部分：簡述畫面的主要內容。把看到的內容用概括性的語言簡要地記下來，寫出你從中得到的主要信息和感受。

第二部分：分析畫面中視覺符號的作用。舉例說說光線、色彩、線條、形狀、構圖在畫面構成中起到了什麼作用。

第三部分：評論作品的創作手法和特點。說說你認為作者的創作手法有何特點，作品與其他你熟悉的圖畫相比，有哪些不同之處。

第四部分：概括作品讓你產生的聯想和得到的感悟。寫出觀看圖畫作品的深刻印象，說說這個作品讓你產生的聯想和想象，表達你對這個作品的看法，發表議論、談談感想。

練習

1. 這篇觀後感可以分為哪幾個部分？如何劃分？每個部分的主要內容是什麼？

2. 作者從這幅畫中看到了哪些景物？

---

⑬ 濃郁：形容氣息濃重。郁，讀 yù。

⑭ 筆耕不輟：堅持寫作，不因外在原因而停止。輟，讀 chuò。

⑮ 淳樸善良：為人誠實樸素，心地仁慈。

小提示

簡述要抓住要點，不要複述作品內容。

小提示

要仔細觀察作品的特點，思考創作者使用的手段和方法，如線條的粗細、形狀的規則與否、色彩的濃淡、光線的明暗、是否有強烈的對比、是否有象徵寓意等，分析究竟是哪種方法突出了作品的特點，產生了何種效果。

知識窗

記錄看到了什麼叫作敍述，表達自己的看法叫作議論。觀後感要採用敍述和議論相結合的方法寫作。敍述要簡明，要有具體例子，然後結合例子展開議論，表達自己的感想和看法。

3. 作者認為齊白石運用了什麼手法創作出這幅畫?

4. 作者認為這幅畫最突出的特點是什麼?

5. 作者寫齊白石畫荷花,為什麼要提及中國文人愛荷花?這二者有什麼共同點?這是
   什麼寫作手法?使用這種手法有什麼作用?

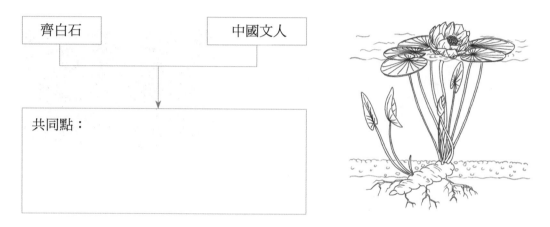

```
齊白石              中國文人
   └──────────┬──────────┘
              ↓
共同點:
```

6. 這幅畫給作者帶來了哪些人生啟示?

7. 請舉出課文中運用比喻和排比這兩種修辭手法的例子。

   比喻:

   排比:

8. 詞語練習。描寫荷花的詞語有很多,你認為下列哪些詞語適合用來描述齊白石畫的
   荷花?為什麼?

   亭亭玉立、清香襲人、風姿綽約、出水芙蓉
   蓮開並蒂、菊老荷枯、藕斷絲連、高風亮節

圖畫觀後感的寫作

？ 探究驅動

1. 小組活動 ——「仁者見仁，智者見智」。每個小組選一張圖片，討論一下：這張圖片有什麼特點？使用了什麼創作手法？讓你有什麼感受？

2. 根據小組成員的討論結果給圖片加上一個標題。

圖甲

圖乙

圖丙

圖丁

小提示

好的觀後感都是觀看者有所發現、有所感悟的作品，是觀看者自己的創作。在觀後感裏，要抒發自己的情緒和感觸，發表自己的看法和見解，表達自己的願望和決心。

📖 講解

一篇好的觀後感不僅要把看到、聽到、感受到的內容記錄下來，還要突出這部作品給自己帶來的啟發和讓自己領悟的道理。要實現這一點，觀看者要從作品產生聯想，把作品和自己的體驗、經歷、所關注的社會現象相聯繫，找到它們之間相似、相同或者相反的地方，歸納出自己的理解和看法。

畢加索（1881-1973）　西方現代派藝術家

畢加索，西班牙畫家、雕塑家。他的作品風格多樣，不斷創新。畢加索被譽為是 20 世紀西方現代藝術史上最具有創造性和影響力的天才藝術家。代表作有《鏡子前的女孩》《亞威農少女》《生命》《格爾尼卡》《白鴿》等。

作品檔案

《鏡子前的女孩》創作於 1932 年，是畢加索「立體主義」作品的代表。畢加索運用豐富的幾何圖形突出女孩不同部位的特徵，並利用多樣的色彩對比展現人物在特定時期的心情。

課文

觀《鏡子前的女孩》有感

畢加索是西班牙著名畫家，全名為巴勃羅·畢加索。他一生創作了三萬多件藝術品，《鏡子前的女孩》是在 1932 年創作的。

《鏡子前的女孩》這幅畫上有兩個人，但其實是同一個人：一部分是鏡子外的少女，一部分是鏡子裏的少女。本來鏡子裏外的人應該是一模一樣的，但是畫面中卻不同。這一點挺有創意的，很新鮮。

畫中女孩的身體是由很多奇形怪狀❶的幾何圖形❷組成的。每一個幾何圖形都給人不一樣的感覺。圓形和橢圓形比較柔軟、舒服；三角形和直線比較生硬❸、冷漠。運用幾何圖形，這幅畫同時畫出了女孩的正面與側面。這些圖形讓我聯想到了人體內部的器官。作者不僅畫出了一個人的外表，還展示出了人物的內心世界。這種幾何圖形組成的形象，給人一種很強的立體感❹。

❶ 奇形怪狀：奇怪不尋常的形狀。

❷ 幾何圖形：指點、線、面、體以及它們的組合，簡稱圖形。

❸ 生硬：不柔和，不細緻。

❹ 立體感：（畫面等給人造成的）具有立體形狀的感受。

111

⑤ 鮮艷耀目：一種誇張的形容方法，形容顏色艷麗得差點連眼睛都睜不開了。

⑥ 視覺衝擊：某種事物對視覺感官造成強烈震撼的影響。

⑦ 亮色：鮮亮的顏色。

⑧ 暗色：比正色濃重或發暗的顏色。

⑨ 壓抑：情緒、感情低落，鬱悶的感覺。

⑩ 遮掩：掩飾，隱瞞。

⑪ 忽略：疏忽不在意，沒有注意到。

⑫ 揭示：向人指出不易看清的事理。

⑬ 震撼人心：形容某事給人的心靈造成極大的衝擊和撼動。

這幅畫用色豐富，鮮艷耀目⑤。不同顏色在同一畫面中，達到了非常強烈的視覺衝擊⑥效果。色彩不但區分開了人體的不同部分，還表達出了人物的情緒和感受。淺色、亮色⑦讓人感到輕鬆、開心，所以鏡子外面的女孩看起來很平靜、愉快。深色、暗色⑧讓人感到壓抑⑨、難過，所以鏡子裏的女孩看起來很傷心。

這幅藝術作品讓我對人生多了一些瞭解：每個人都是很複雜的，表面上看起來開心，實際上卻不一定快樂。很多人會故意把真實的自己遮掩⑩起來，戴上一個假面具，不讓別人知道自己的內心世界。而畢加索就是想要把隱藏在外表下面的部分畫出來，把我們日常看不到的、被忽略⑪的東西揭示⑫出來。他的畫好像在引導我們，看待人或者事物的時候，不能只看表面，還要看內在；不能只看一面，還要全面觀察。因此，這幅女孩的畫像就有了一種震撼人心⑬的力量。

🔍 相關知識

寫一篇完整的觀後感應該從以下四個方面展開觀察與思考：

第一部分：你在畫面中看到了什麼？

- 畫面中有沒有具體的時間、季節？
- 畫面中有沒有具體的地點、空間、場景？
- 畫面中有沒有具體的人物、事物、景物、動物等？

第二部分：作品中有哪些視覺符號？

- 作品使用了哪些視覺符號來突出人物、事物、景物的特點？

第三部分：作品的特點是如何表現出來的？

- 作品使用了哪些藝術表現手法造就了其獨特的效果？

第四部分：你從作品中得到了什麼啟發？

- 作品的創作者想表達什麼？你看到這幅作品時聯想到了什麼？有什麼感受？這幅作品對你產生了什麼影響？

1. 作者從這幅畫中看到了什麼？

2. 作者在看畫的過程中有什麼發現？

3. 作者認為這幅畫運用了什麼創作手法？突出了什麼特點？

4. 這幅畫給作者帶來了哪些人生啟示？

5. 詞語練習。

（1）課文中使用了哪些詞語來介紹和描繪這幅畫？

（2）課文中使用了哪些詞語來表述作者的感受？

6. 研究探索。請上網查找畢加索的資料，觀看有關畢加索的短片，將短片名寫下來。

7. 請找一幅自己最喜歡的圖畫作品，寫一篇觀後感，字數要求：400-600 字。

第二課　如何賞析廣告作品？

？ 探究驅動

採訪三個不同年齡段（60後、80後、00後）的人，請他們回答下面的問題。分析你的採訪記錄，說說看年齡、性別、身份如何影響了人們對廣告的看法。

採訪問題	被採訪者一 年齡： 性別： 身份：	被採訪者二 年齡： 性別： 身份：	被採訪者三 年齡： 性別： 身份：
1. 廣告不可信，商品賣不出去的時候才做廣告。			
2. 廣告很有幫助，廣告做得多說明商品可靠。			
3. 我買東西前會先看廣告再做決定。			
4. 我買東西從來不看廣告，根據自己的需要購買。			
5. 名牌產品是因為廣告做得好才變成名牌的。			
6. 名牌產品是因為質量好才成為名牌，與廣告無關。			
7. 廣告一定要請名人來做才有效果。			
8. 廣告請名人說明商品不好，只有靠名人才能被認可。			

9. 我很相信打折廣告，我只買打折商品。			
10. 我不相信打折廣告，那是一種推銷策略。			
11. 廣告一般都是真的。			
12. 廣告是騙人花錢的伎倆。			
13. 公益廣告全是宣傳正面的有教育意義的理念。			
14. 公益廣告也有傾向性，不全是宣傳正面的有教育意義的理念。			
15. 我看電視和報紙遇到廣告時會認真看一下，我覺得有些廣告很有用。			
16. 我看電視和報紙遇到廣告時會略過不看，我覺得看廣告是浪費時間。			

講解

　　廣告是一種傳播工具，由廣告主將商品、服務、理念等信息傳遞給消費者。

　　廣告傳播帶有說服性，通過說服受眾發揮作用、達到目的。廣告傳播還具有快速、廣泛、普及的特性。

　　廣告的內容一般包括政策方針、文化教育、衣食住行、學習就業、醫療保健、通訊交流、休閒娛樂等方面，對整個社會產生着前所未有的影響力。

廣告——廣而告之[1]

廣告，就是廣而告之的簡稱[2]。

廣告可以看作一種傳播訊息的工具，可以對商品、理念、服務進行傳播。廣告主用廣告將相關信息傳遞給受眾，通過對受眾的說服，改變或加強受眾對特定產品的認識，使受眾接受指定的產品，瞭解特定的理念或者服務，令廣告主得到良好的回饋[3]，獲得利益。

廣告可分為廣義的廣告和狹義[4]的廣告。廣義的廣告泛指一切不針對特定對象的營利[5]性和非營利性廣告，包括公益廣告、旅遊廣告、商業廣告等等。狹義的廣告是指營利性的經濟廣告，即商業廣告。這類廣告在日常生活中很常見，目的就是推銷[6]產品、刺激消費者購買。

廣告必須具有說服性才能發揮作用。為了更好地達到廣告目的，廣告要與產業和社會緊密結合，還要經過藝術的加工處理。成功的廣告將高度精練[7]的信息和多種傳遞[8]訊息的媒

介[9]巧妙地結合起來。廣告可以利用電視、廣播、影片、幻燈片、報紙、雜誌、傳單、海報、招牌、牌坊[10]、電話傳真、電子視訊、電子語音、電子郵件等方式向大眾進行傳播，因而能產生很強的影響力、感染力和誘導[11]力。

廣告是現代流行文化的一個非常重要的組成部分，廣告利用各種可以利用的手段，只為達到一個目的——傳播信息，廣而告之。

[1] 廣而告之：按字面意思，為了「廣」泛地讓大家知道而「告」訴大家。
[2] 簡稱：把複雜的名字簡單化，或指簡易的稱呼。
[3] 回饋：回報。
[4] 狹義：範圍比較狹窄的定義，相對廣義而言。
[5] 營利：謀求利潤。
[6] 推銷：推廣銷售。
[7] 精練：簡潔精要。
[8] 傳遞：傳達，遞送。
[9] 媒介：將訊息送達受播者途中的工具或方法，如報紙、雜誌、廣播、電視、電影等。
[10] 牌坊：為表彰紀念人物或表示美觀的建築物。
[11] 誘導：勸誘開導。

相關知識

　　廣告作為傳遞信息、觀念最迅速、最有效的手段之一，成為了人們日常生活的重要組成部分，和每個人息息相關。人們無法忽視廣告，越來越離不開廣告。

　　廣告文化不僅造成了人們生活方式的改變，也導致了人們固有價值觀念、社會意識、道德情操、行為準則的變化。廣告正在改變着世界和人類社會。

　　通過對廣告作品的欣賞和詮釋，我們可以發現廣告對人們生活的影響與作用，瞭解社會與世界的變化與發展。通過辨識和解讀廣告作品中的文化元素，掌握語言文字和文學手法在廣告中發揮的作用，可以幫助我們理解和尊重不同的文化與理念，提高使用有效的方法進行傳播、溝通和交流的能力。

練習

1. 請利用工具書，查找並寫出下面詞語的意思。

（1）廣告主　　　　　（2）受眾　　　　　（3）消費者

（4）傳播　　　　　　（5）公益廣告　　　（6）旅遊廣告

（7）商業廣告　　　　（8）營利性　　　　（9）非營利性

2. 兩人一組進行對話，開展關於廣告的討論。

　　問：你能不能給我解釋一下什麼是廣告？

　　答：

　　問：「廣而告之」的「之」指的是什麼？

　　答：

　　問：廣告最主要的目的是什麼？

　　答：

　　問：所有的廣告都是為了推銷商品嗎？

　　答：

　　問：廣告通過什麼方式進行廣泛傳播？

　　答：

　　問：廣告怎樣才能產生強大的影響力？

　　答：

? 探究驅動

請和同學們分享一個自己喜歡的公益廣告作品,並説明喜歡的原因。

講解

公益廣告不以盈利為目的,是為公眾謀利益和提高福利待遇而設計的廣告。

公益廣告通常由相關的政府部門、企業或社會團體來做,用鮮明的立場及健康的內容來引導社會公眾。

公益廣告的顯著功能是傳達個人或社會團體的理念,其中包含了大量的文化符號與價值觀念,對人們的社會生活和思想行為產生深遠影響。

課文

公益廣告

人物:小明(中學生)、表哥(廣告設計員)

情景:放學後,小明按照約定的時間來找表哥

目的:瞭解什麼是公益廣告

小明:表哥好!

表哥:小明,你來了。你在電話裏說有問題要問我,是什麼問題呀?

小明:表哥,什麼是公益廣告呢?

表哥:公益廣告是指經媒介發佈的、非盈利性的、服務於大眾的廣告。

小明:公益廣告和一般的商品廣告有什麼區別呢?

表哥:商品廣告是為了推銷商品而獲得商業利潤 ❶ 的,但公益廣告是

❶ 商業利潤:從事經營活動所獲得的利潤。

非盈利的。

小明：也就是說公益廣告的目的不是為了賺錢？

表哥：對，可以這樣說。

小明：那麼公益廣告的目的是什麼呢？

表哥：公益廣告承擔[2]着宣傳公益觀念、監督[3]人們形成良好公共行
為、進而推動公益事業發展的使命[4]。

小明：公益廣告的最大特點是什麼呢？

表哥：社會性廣泛，指向性明確，立場性鮮明。

小明：公益廣告能起到什麼作用呢？

表哥：公益廣告可以讓人們關注一些突出的社會問題，還能針對這些
問題進行規勸[5]和引導[6]，提出有效建議，影響公眾輿論，維
護[7]健康的社會道德觀念，促進社會的持續發展。主題鮮明、
寓意深刻、生動傳神的公益廣告，能使廣大群眾在潛移默化[8]
中受到熏陶[9]和教育，產生廣泛的社會影響和良好的社會效應。

小明：公益廣告是什麼時候開始流行[10]的？

表哥：公益廣告起源於 20 世紀 40 年代的美國，也叫公共廣告。現在
公益廣告在一些發達國家已經非常普及[11]了。據統計，在美
國、法國等國家，公益廣告已佔到廣告發佈的 40％。許多全國
性或國際性的組織機構，如國際紅十字會、世界衛生組織、聯
合國兒童基金會，以及一些世界知名的公司和機構，如 IBM、
通用電氣、殼牌石油等都是公益廣告的贊助商。

❷ 承擔：擔負，擔當。
❸ 監督：察看並管理。
❹ 使命：應負的重大責任。

❺ 規勸：鄭重地勸告。
❻ 引導：帶領，使跟隨。
❼ 維護：維持保護，使免
於遭受破壞。
❽ 潛移默化：人的思想、
性格或習慣受到環境
或別人的影響，在不
知不覺中起了變化。
❾ 熏陶：因長期接觸某
人、某事物，而使人
在生活習慣、思想行
為、品行學問等方面
逐漸受到好的影響。
❿ 流行：廣泛傳播，盛
行。
⓫ 普及：普遍推廣，使大
眾化。

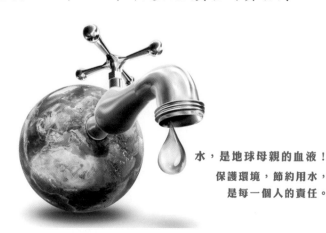

水，是地球母親的血液！
保護環境，節約用水，
是每一個人的責任。

⑫ 黃金時間：也稱為「黃
金時段」，是電視業界
用語，形容收視率最
高的時段。

⑬ 良知：天生本然、不學
而得的智慧及道德觀
念。

⑭ 覆蓋面：指覆蓋的面
積，泛指涉及或影響
到的範圍。

小提示

我們經常看見
宣傳愛護環境、珍惜
資源、關懷父母、關
心弱勢群體等公益廣
告。其目的是讓受眾
瞭解什麼是正確的和
應該做的。這些觀念
一旦被受眾認可，就
會影響到他們的行為。

小明：那我國的公益廣告呢？

表哥：我國的公益廣告是近年才開始大量出現的。我印象裏最早的公
益廣告是一個節約用水的電視廣告。後來，中央電視台創辦《廣
而告之》欄目，在黃金時間⑫播放了大量的公益廣告。公益
廣告一詞開始深入人心，刊發公益廣告的媒體從電視延伸到報
紙、路牌、網絡等，在內容和形式上也越來越豐富。

小明：我明白了。我挺喜歡看公益廣告的，我覺得我國公益廣告的好
作品越來越多，影響和作用也越來越大了。

表哥：對呀！公益廣告扮演了傳播良知⑬、造福社會的重要角色。隨
着互聯網和科技的發展，公益廣告的傳播速度越來越快，覆蓋
面⑭也越來越廣，人們在電視、電腦、甚至手機上都能隨時隨
地看到公益廣告。

相關知識

公益廣告通過不同媒體建構並傳播某種意義或價值，形象地塑造了社會價值觀念
和意識形態，建立起一套觀看世界的方法，從而影響人們的言行。這就是公益廣告的
目的和作用。

練習

1. 請以小組為單位，每個小組上網找出兩個電視公益廣告，並在班級分享。

2. 請根據公益廣告的特性選擇答案。

（1）公益廣告是非營利性的。這句話的意思是：公益廣告是以＿＿＿＿為目的，而
不是以＿＿＿＿為目的。

　　A. 獲得商業利益　　　　　　B. 宣傳公益理念

（2）公益廣告能產生良好的社會效應。這句話的意思是：公益廣告傳播的是
＿＿＿＿的觀念，對人們的＿＿＿＿產生作用。

　　A. 正確的行為準則　　　　　B. 觀念和行為

（3）公益廣告的傳播方式非常多樣，受眾廣泛。這句話的意思是：廣告可以在
_____被傳播，接受廣告的受眾是_____群體。

A. 媒體　　　　　　B. 大眾

3. 兩人一組談論下面的問題，並將答案製作成圖文並茂的海報，向其他人介紹「什麼
是公益廣告」。

（1）公益廣告的定義是什麼？

（2）公益廣告的特點是什麼？

（3）公益廣告的作用是什麼？

（4）公益廣告的傳播方式是什麼？

（5）製作海報。標題為：什麼是公益廣告。

4. 兩人一組，根據下面的廣告詞判斷哪些屬於公益廣告，並向同伴解釋你的理由。

（1）為了你和家人的健康，請不要吸煙。

（2）鄂爾多斯羊絨衫，溫暖全世界。

（3）停止戰爭，為了孩子！

（4）中國人的生活，中國人的美菱。

（5）涓滴之水成海洋，顆顆愛心變希望。

（6）帶着平安上路，載着幸福回家。

（7）4968，手提電腦帶回家。

（8）一粥一飯，當思來之不易；半絲半縷，恆念物力維艱。

（9）留一塊淨地給小草，留一片綠色給心靈。

（10）校园欺凌零容忍。

講解

　　和商業廣告相比，公益廣告營銷的不是商品而是觀念。公益廣告傳播先進文化，倡導社會風尚，影響民眾思想，引領文明行為，是面向全體社會公眾的信息傳播方式。公益廣告的受眾是所有廣告類別中最廣泛的。

　　製作成功的公益廣告，不僅要遵循廣告的基本原則，還要有獨特新奇的創意，畫面構圖能激發人的想象力，細節設計具有感染力與說服力。

　　主題突出、製作精良的公益廣告，能將感人的情理交融在畫面中，將深刻的內涵熔鑄在藝術形象裏，入眼、入耳、入腦、入心，給人們留下深刻的印象，引起觀者的共鳴。

課文

公共場合，顧己及人

圖片來源：http://www.hubei.gov.cn/psas/201406/t20140625_506870.shtml，
湖北省政府官網

相關知識

從廣告發佈者的角度來劃分，公益廣告可以分為以下三種：

1. 政府發佈的公益廣告。比如中央電視台發佈的《筷子篇》等。
2. 社會專門機構發佈的公益廣告。比如聯合國教科文組織發佈的「保護文化遺產」等。
3. 企業發佈的公益廣告。比如中藥保健企業余仁生發佈的「莫忘傳統」等。

練習

1. 這個廣告的標題是什麼？標題起到了什麼作用？

2. 從這個廣告中你看到了什麼？這兩個人分別在做什麼？

3. 這是一個公益廣告嗎？為什麼？

小提示

可以從以下幾個方面思考：
1. 圖像
2. 色彩
3. 人物形象
4. 故事內容
5. 蘊含的道理
6. 傳達的觀念

4. 這個廣告要傳遞什麼信息？讓人們關注什麼社會問題？你是怎麼知道的？

5. 你認為這個廣告能產生什麼樣的社會影響？為什麼？

6. 你喜歡這個廣告嗎？請説一説理由。

？ 探究驅動

1. 你經常看廣告嗎?你對哪類廣告最感興趣?

2. 廣告對你有什麼影響?

講解

　　商業廣告又稱盈利性廣告或經濟廣告,以盈利為主要目的。

　　商業廣告追求近期效益和經濟效益,其主要功能是通過各種媒介宣傳、推廣和促銷商品,讓消費者瞭解商品的性能和作用,刺激消費者購買。

　　廣告傳播與接受對象的關係是:

廣告主　　　　大眾傳播媒介　　　消費者

課文

廣告如何影響受眾

　　你一定聽過這句廣告詞:「你值得擁有。」這句廣告詞在各類名牌商品廣告中反覆出現,可謂是家喻戶曉[1]、路人皆知[2],簡直比唐詩名句傳播得還要廣泛。一句「你值得擁有」道出了購買名牌商品的原因與秘密。

　　首先,廣告給人們的生活建立起一種「影像[3]文化」。廣告以各

[1] 家喻戶曉:家家戶戶都知曉,形容人人都明白。
[2] 路人皆知:比喻人人都知道。
[3] 影像:這裏代指圖畫與影視作品。影,指動態的圖像。像,指靜態的形象。

種形式把一些價值與意識形態 **④** 透過突出的影像持續地傳播，成為了社會文化中不可或缺的一部分。例如，廣告把名牌商品塑造成了一種地位或者權力的象徵。名牌商品不僅是一種物品，更變成了一種特定的文化影像。所以，一句廣告詞「你值得擁有」把商品的價值和人的社會地位等同起來，把商品變成一種具有社會意義的價值觀念。隨着廣告持續性 **⑤** 地傳播，這種影像也就被消費者所認同 **⑥**。

其次，廣告給消費者虛擬 **⑦** 出種種美好的幻想和理想，激發大眾追求的慾望。以名牌商品為例，名牌商品的廣告就利用了人們對於權力、地位的慾望來激發消費者的幻想。廣告用暗示和許諾的手段告訴消費者，一旦擁有了名牌商品，就能實現心中想要擁有權力和地位的幻想。比如，有地位的人喝名酒，反過來，如果你喝了名酒就說明你也是有地位的人。所以，「你值得擁有」這句廣告詞背後的潛台詞 **⑧** 其實是「你必須擁有」。

這就是人們購買名牌商品的心理原因。

🔍 相關知識

廣告雖然種類繁多，看起來如萬花筒一般，但是都有一個相同的目的，就是要說服消費者。廣告的內在原理是相同的，就是說服性。廣告必須要說服受眾相信、認同、接受其中傳遞的信息。

商業廣告如何說服消費者呢？

首先，要瞭解消費者有哪些共同的需求，在廣告中設法將商品的特點和人們的需求巧妙地結合起來。其次，要讓消費者覺得廣告中的信息值得信賴，為了達到這個目的，有時候會借用「名人效應」。然後，要吸引消費者關注，利用各種手段和技巧突出廣告的新奇誘人之處，讓消費者的目光停留在廣告商品上。

商業廣告運用各種元素說服消費者。廣告的構成元素有標題、文案、圖片、圖形、色彩、設計、字體等，每個元素都對說服消費者產生重要的作用。這些元素運用得當，可以起到很好的暗示作用。比如那句廣告詞「你值得擁有」，就很好地起到了勾起消費者慾望的作用。

④ 意識形態：對於世界和社會的有系統的看法和見解，具體表現為哲學、政治、法律、藝術、宗教、道德等形式。也叫觀念形態。

⑤ 持續性：長久維持的過程或狀態。

⑥ 認同：認可並贊同。

⑦ 虛擬：憑想象編造。

⑧ 潛台詞：在某一話語的背後，所隱藏着的那些沒有直接表達出來的意思。比喻不願或不便明說的言外之意。

練習

小提示

　　廣告就是用暗示的方法，勾起消費者心中購買商品的慾望。

1. 商業廣告要說服消費者，下面哪些做法能產生作用？請舉例說明。

（1）吸引人的眼球

（2）配合受眾的社會文化背景，引起共鳴

（3）運用文字、圖片、口號及歌曲

（4）善用調查、數據、專業用詞等

（5）選擇形象鮮明的廣告人物、動物及標識等

（6）建立成功人士的形象或身份的象徵

（7）借用偶像及名人效應

（8）配合電視劇、電影、流行曲熱潮

2. 廣告分析。以下這則廣告除了推銷鑽飾外，還把什麼理念傳達給消費者了？

講解

　　廣告中的每個元素都發揮着令人產生聯想的作用，消費者通過產生聯想認同廣告的觀念，被廣告說服。比如，羊絨衣的廣告用柔和的色彩讓人產生一種溫暖的聯想，再加入寒冷的天氣形成對比，就產生了更好的說服效果。

　　賞析和評論一個廣告時應該做到認真觀看，把看到的元素逐項寫下來。

- 形狀：
- 顏色：
- 文化元素：成語、用品、圖案、服飾
- 數字：
- 標識：牌子、商標
- 標題：
- 對比：
- 象徵：

T　小提示

　　在觀看廣告的時候，要逐項分析各種元素在廣告中的作用，才能明白廣告如何給觀者留下深刻的印象。

　　寫完之後認真分析這些元素，並思考這些元素讓你產生什麼聯想？對說服消費者起到什麼作用？

課文

三聯航空

課文分析

　　首先，我們看到一架飛機在雲層上平穩地飛行。飛機飛得高，暗示了飛機的性能好；飛得平穩，說明飛機少受氣流的影響，乘坐的人會比較舒服；飛機的構造很精緻，暗示了飛機的質量好、安全性能高。可見，廣告主非常瞭解消費者對飛機的需求：飛行平穩、乘坐舒適、安全可靠。

　　其次，我們看到了飛機上鮮明醒目的標誌，說明這家航空公司專業、知名，值得信賴，讓消費者聯想到航空公司有很好的可信度。

　　然後，廣告的構圖、色彩、圖案都突出了航空公司的特點，吸引消費者的目光停留在廣告上。

　　這個廣告運用了圖畫、文字進行暗示，勾起消費者心中的慾望；白雲、藍天、高空等元素使消費者產生一種理想飛行的聯想。廣告通過這種方式說服了消費者，使他們得出結論：這是我們應該選擇的飛行平穩、乘坐舒適、安全可靠的航空公司。而飛機機身上的公司標誌恰好就成了這種「完美」航空公司的化身。

練習

1. 請根據你的理解分析這個廣告。

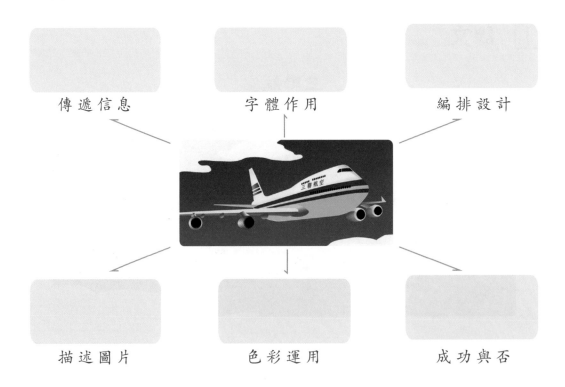

傳遞信息　　　　字體作用　　　　編排設計

描述圖片　　　　色彩運用　　　　成功與否

2. 請寫出你看到的廣告元素，說明這些元素帶給你的感覺和對説服消費者起到的作用。

- 形狀：
- 顏色：
- 文化元素：成語、用品、圖案、服飾
- 數字：
- 標識：牌子、商標
- 標題：
- 對比：
- 象徵：

3. 請仔細欣賞下面的廣告並回答問題。

讓羊毛衣呵護你一整個寒冷的冬季

（1）你從圖片中看到了什麼？

（2）廣告的標題是什麼？標題起到了什麼作用？

（3）廣告中運用了哪些色彩？

（4）廣告的整體編排設計是怎樣的？給你一種什麼樣的感覺？

（5）廣告要傳遞什麼信息？你從畫面中可以看出文案的內容嗎？

（6）廣告中哪些元素起到了暗示的作用？請舉例分析。

（7）廣告中哪些元素令人產生聯想？你聯想到了什麼？

4. 請比較下面兩個廣告並回答問題。

（1）你從兩張圖片中分別看到了什麼？

（2）廣告的標題分別是什麼？標題起到了什麼作用？

（3）兩個廣告分別運用了哪些色彩？

（4）兩個廣告的整體編排設計分別是怎樣的？給你一種什麼樣的感覺？

（5）兩個廣告分別要傳遞什麼信息？你從畫面中可以看出文案的內容嗎？

（6）兩個廣告如何說服消費者？

（7）兩個廣告是否達到目的，以及是如何達到的？

（8）請填表分析兩個廣告的異同之處。

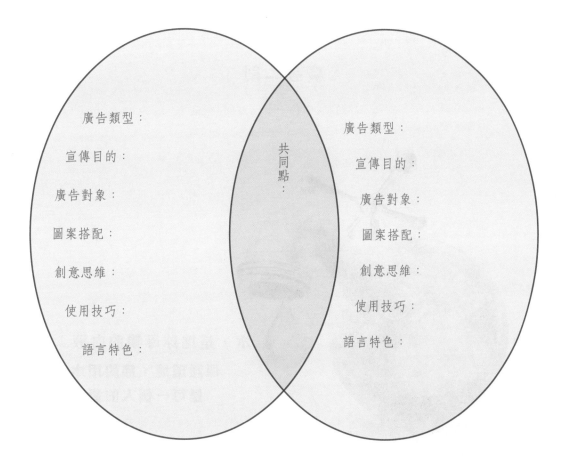

廣告類型：

宣傳目的：

廣告對象：

圖案搭配：

創意思維：

使用技巧：

語言特色：

共同點：

廣告類型：

宣傳目的：

廣告對象：

圖案搭配：

創意思維：

使用技巧：

語言特色：

廣告觀後感的寫作

❓ 探究驅動

1. 請説一説校園裏有什麼值得大家關注的現象或需要解決的問題？
2. 根據這些現象或問題嘗試設計一個公益廣告，達到宣傳理念、引導和規勸的目的。

📖 講解

　　廣告作品觀後感也可以稱為廣告賞評。觀賞評論者以特定的廣告作品為對象，仔細觀察，思考廣告主想通過這個廣告達到的目的，分析各種廣告元素的特點、作用和產生的說服效果，然後用準確的語言文字把自己的觀察、發現和感受寫出來。

📑 課文

廣告二則

(一)

水，是地球母親的血液！
保護環境，節約用水，
是每一個人的責任。

（二）衝出黑暗，杜絕欺凌

　　這則校園公益廣告，沒有明星雲集的陣勢，沒有五光十色的場景，沒有故弄玄虛的辭令⋯⋯只用黑白兩色就構成了整個畫面，這種單調的色彩，給人一種極為壓抑的感覺。

　　如果你細看這幅平面廣告，就會發現作者的意圖明確，別具匠心。廣告的構圖看似簡單地分為左右兩個部分，實則渾然一體。黑色作為主要的色調，籠罩了整個圖畫的空間。廣告畫面展現出了一幅冰冷的場景：冰冷的牆面、冰冷的地面，整個場面構成了一個陰暗的、孤獨的、憂鬱的世界。

　　在畫面右邊的角落中，有一個縮緊了身體、低垂着頭顱的少年剪影。厚厚的黑色衣帽緊緊地包裹起他的身體，躲避着寒冷、躲避着恐懼。但是寒冷和恐懼似乎一直在包圍着他，即使少年躲藏在一個黑暗的隧道之中也難以得到片刻的安寧和溫暖。

　　畫面上透露着耀眼的白光，這白色和黑色一樣有着深刻的象徵寓意。白色的光源像是從隧道外邊照射進來，雖然不夠強烈和溫暖，但是非常奪目。這白光預示着希望，給人鼓舞。

　　除了黑色的少年剪影外，畫面中震撼人心的就是黑底白字的廣告詞。它們陳述着冷峻的事實，揭示了校園欺凌的真相，這正是受害者

的控訴，直達人的視覺感官，起到了打動觀眾、呼籲吶喊的作用。

這幅廣告畫用了最平常普通的場景和人們最熟悉的學生身影，表達了校園欺凌給少年學生造成的肉體與心靈的傷害，引起觀者的聯想與想象，震撼了觀者的心靈。

這則廣告很有創意，畫面構圖簡潔明快，主題突出。色彩和文案的搭配恰當醒目，突出地傳達出了重要的正面信息：關注校園欺凌事件的嚴重性，拒絕一切形式的校園欺凌事件，幫助受到欺凌的學生走出黑暗和恐懼，迎接生活的光明和希望。

公益廣告的美學追求是真、善、美。一個優秀的公益廣告要表現的內容必須和真實的生活是密切聯繫的；公益廣告宣傳的理念和觀點必須是善的，要勸人從善，達到揚善懲惡的目的；公益廣告的美，來自於作者將其打動人心的情感內容和藝術手段的有效結合。公益廣告關注的核心是人，是助人完善，促進人與社會、自然的和諧發展。從這個意義上來說，《衝出黑暗，杜絕欺凌》具有真善美的魅力，是一則成功的公益廣告。

🔍 相關知識

廣告觀後感一般包括四個部分。

第一部分：作品描述。

- 從廣告中觀察到什麼？
- 廣告中的人物、色彩、圖案、形狀等給你一種什麼感覺？
- 廣告的目的是什麼？

第二部分：形式分析。

- 廣告中有哪些元素？
- 廣告使用了什麼創作方法？突出了什麼特點？起到了什麼作用？

第三部分：意義詮釋。

- 廣告中哪些元素會給你暗示、啟發？讓你產生什麼聯想？激發什麼情感？
- 廣告元素具有怎樣的象徵意義？傳遞什麼信息？

小提示

創作方法有色彩的明暗、圖片的大小、空間的結構、詞語的選用、句式的特點、修辭手法、標題字體等。

第四部分：價值判斷。

- 廣告能吸引哪些受眾？說服力如何？
- 廣告起到了怎樣的作用？達到目的了嗎？
- 廣告中有什麼值得欣賞的地方？

練習

1. 請根據課文填寫下面的表格，對兩個廣告進行比較。

廣告一
廣告類型：
廣告主題：
廣告內容以_____為主，標題字號_____、顏色_____。整體色調_____。顯示了_____。
圖像使用：
語言：
設計：

廣告二
廣告類型：
廣告主題：
廣告內容以_____為主，標題字號_____、顏色_____。整體色調_____。顯示了_____。
圖像使用：
語言：
設計：

總結：

廣告_____表達更貼切，更引人注意。因為_____。

如廣告_____能_____，則會更佳。

2. 請選擇一個廣告作品進行賞析和評論，寫一篇觀後感。

第三課　如何賞析歌曲和樂曲？

探究驅動

小提示

不同民族文化的樂曲採用的樂器不一樣。

1. 你認識這些樂器嗎？請寫出它們的名字。

2. 你熟悉這些名詞嗎？請説出它們的含義，並舉出具體曲目和大家分享。

民樂：

民歌：

流行樂：

流行歌：

 講解

　　音樂是人類的共同語言。不同的樂曲和歌曲包含着不同的文化元素，比如中國的京劇和民歌都是典型的中國文化產物。具有中國文化特色的歌曲和樂曲不僅能讓人們瞭解中國文化的特點，也能將中國的傳統文化和民族精神傳承下去。

　　中國的民族音樂是在民族文化的搖籃裏誕生、發展、成長的，無論內容還是形式都由民族文化孕育而成。歌詞中，積澱了中國的歷史觀和文化觀，體現了中華民族獨特的價值觀念、文化傳統和審美標準；曲調中，旋律和節奏都體現出地域文化的特

色。一般來說，南方的音樂溫柔，北方的音樂豪放。另外，中國的民族樂器和西洋樂器有很大的不同，造成了不同的音樂效果。所以，我們在欣賞歌曲和樂曲的時候，應該有一種文化意識，這種意識可以幫助我們深入瞭解作品，更好地欣賞作品。

🧑 作家名片

李叔同（1880-1942）　中國著名藝術家

李叔同的詩、詞、書畫、篆刻、音樂、戲劇、文學的成就皆高。他創作的《驪歌》已成為經典名曲。李叔同也是傑出的美術教育家和著名的佛教僧侶，被尊稱為「弘一法師」。代表作有《驪歌》《祖國歌》《三寶歌》《樂石集》《李叔同印存》等。

💬 作品檔案

《驪歌》又名《送別》，創作於 1915 年。美國人奧德威作曲，李叔同作詞，「送別」是中國古典文學中不可或缺的主題。李叔同把中國古典詩詞裏表達離情別緒的典型意象都集中在歌詞中，構成了情景交融的意境，突出了中西結合的特點。

📖 課文

驪歌

李叔同 詞　［美］奧德威 曲

長亭外，古道邊，芳草碧連天。
晚風拂柳笛聲殘，夕陽山外山。

天之涯，地之角，知交❶半零落。
一壺濁酒❷盡餘歡，今宵❸別夢寒❹。

❶ 知交：知心的朋友。
❷ 濁酒：沒有仔細過濾的酒，即粗釀的酒。
❸ 今宵：今晚。
❹ 別夢寒：不會感覺到孤獨、寒冷。

141

相關知識

　　音就是聲響，當物體敲擊、摩擦時會發出聲響，即出現了「音」；樂就是規則聲響的組成，將幾個不同音高的聲響稍做整理、排列，便產生了「樂」。「音樂」是人或樂器發出的有一定規律、組織，用以傳達思想、感情的樂音。

　　音高是指聲音的高低。音強是指聲音的強弱與輕重。音長是指聲音的長短。音色是指聲音的特色。

　　構成音樂的首要要素是曲調。曲調的兩個基本要素是旋律和節奏。在一首樂曲中兩者結合起來，構成了輕重緩急、抑揚頓挫的完整曲調。

練習

1. 閱讀歌詞，找出歌詞中的意象，體會歌詞的意境和表達的感情。

2. 請聆聽電影《城南舊事》的插曲《驪歌》，感受歌曲的旋律並回答問題。

（1）請判斷是哪些樂器發出的聲音？

（2）聽到這些聲音時，你聯想到了什麼畫面？

（3）聽完歌曲後你有什麼感受？

（4）歌曲有什麼特點？表達了什麼感情？

 講解

　　賞析歌曲和樂曲的關鍵在於「聽」。要認真用心地聆聽，聆聽時要學會邊聽邊記錄，記下聽到了什麼、聯想到了什麼、感受到了什麼。

　　1. 聽到了什麼？

　　　● 描述聽到的聲音。

　　　● 判斷發出聲音的樂器。

　　　● 描述歌曲的特點。

　　2. 聯想到了什麼？

　　　● 描述聆聽時你聯想到的畫面。

　　　● 描述具有民族文化特色的元素。

　　3. 感受到了什麼？

　　　● 描述歌曲帶給你的感覺。

　　　● 描述歌曲表達的感情。

課文

<h2 style="text-align:center">一首中西結合的經典名曲</h2>
—— 聽《驪歌》有感

　　李叔同是我國現代歌史的啟蒙先驅❶，具有全面的中西方音樂文化修養，他的歌詞創作體現了中國傳統詩詞的神韻❷，曲調則受到了歐洲音樂的影響。中西文化相互結合，使《驪歌》歌詞意境深遠、曲調優美動人，成為了一首詞曲結合、相得益彰❸的經典名曲。

❶ 啟蒙先驅：引導人們脫離無知、傳授基礎或入門知識的第一人。

❷ 神韻：人的精神氣度或文章書畫的精神韻味。

❸ 相得益彰：互相配合和補充更能顯出長處、發揮作用。

④ 洋溢：充滿。

⑤ 畫龍點睛：比喻繪畫和作文時，在緊要之處加上一筆，使內容靈活而有神。

⑥ 恰到好處：指說話做事正好達到了最適當的地步。

⑦ 典型：充分顯現出其個性特徵的。

⑧ 渲染：比喻誇大地形容。

⑨ 時空交錯：時間和空間出現重合或錯亂。

⑩ 朗朗上口：指誦讀詩文時聲音響亮而順口。

⑪ 濃縮：萃取作品精華。

⑫ 音韻：抑揚頓挫的和諧聲音。

⑬ 旋律：若干長短、強弱不同的樂音依節奏連續奏出。

⑭ 魂牽夢繞：比喻思念深切。

⑮ 纏綿：婉轉動聽。

⑯ 亙古不變：從古至今沒有改變。

⑰ 經久不衰：經歷很長時間仍舊保持較高的旺盛狀態。

⑱ 膾炙人口：美味人人愛吃。比喻好的詩文受到人們的稱讚和傳頌。

《驪歌》也叫《送別》，李叔同作詞，美國人奧德威作曲。歌曲中洋溢④着一種依戀、惆悵、懷舊的情緒，受到了當時青年學生和知識分子的喜愛，在上世紀 20 年代到 40 年代十分流行。電影《城南舊事》把它作為主題曲和插曲，起到了畫龍點睛⑤的作用，恰到好處⑥地體現了特殊的時代感，突出了電影作品的離情別緒。

這首歌的歌詞化用了中國古典詩歌借景抒情的手法，選取了「長亭」「古道」「芳草」「晚風」「夕陽」等典型⑦意象。「長亭」和「古道」寫出了送別的空間，「晚風」和「夕陽」寫出了送別的時間，渲染⑧了離別場景。在斜陽的輝映下、溫暖的晚風中，群山相連、碧草無際，楊柳依依、笛聲淒淒，暗示了遠行者的去向，烘托了離別的氣氛，讓人產生了時空交錯⑨——「今宵別夢寒」的感覺。這首歌的歌詞清新淡雅，情真意摯，既有古典詩詞的清新脫俗，又通俗易懂、朗朗上口⑩。歌詞濃縮⑪了《西廂記》第四本第三折《長亭送別》的意境，突出了中國傳統文化的特色。

這首歌的曲調使用了音韻⑫的反覆，形成一種悠遠迴環之美。歌曲開始部分旋律⑬舒緩，起伏平緩，抒發出淡淡的離愁。接着情緒變得激動，好像深沉的感歎，表達出內心深處濃濃的別緒。加上相近甚至重複的歌詞，造成首尾呼應的效果，讓人百感交集。「晚風拂柳笛聲殘，夕陽山外山」兩句周而復始，與迴環往復的旋律相配合，加深了魂牽夢繞⑭的離情別意，增強了歌曲情感的完整性和統一性，賦予了歌曲一種深情纏綿⑮的美感。

中國人非常重視親情、友情、鄉土之情，無論何時何地，離情別緒永遠能夠撥動中國人的心弦。這種亙古不變⑯的情懷，在這首歌曲中表達得淋漓盡致。因此，《驪歌》歷經幾十年傳唱仍經久不衰⑰、膾炙人口⑱，成為中國人喜愛的經典名曲。

相關知識

在介紹歌曲和樂曲的特點時，要使用恰當的音樂術語和生動準確的詞彙。

描述音色	清晰明亮、尖高清亮、有穿透力、鏗鏘有力、威武莊嚴、圓潤、濃厚、低沉、柔和
描述氣氛和情緒	安詳舒適、悲涼深沉、輕快活潑、莊嚴高貴、熱情奔放、詼諧、悠閒
描述樂曲特色	旋律、節奏、速度、風格

練習

1. 這首歌曲中有哪些中國文化元素？

2. 這首歌曲「中西結合」的特點表現在哪些方面？

3. 請選用準確的詞語描繪歌曲旋律、節奏的特點。

參考詞						
靡靡之音	如泣如訴	聲震林木	繞樑三日	一唱三歎	不絕如縷	低回婉轉
旋律流暢	強烈歡快	柔美輕盈	明朗激昂	含蓄深沉	歡快悠揚	自然流暢
綿綿不斷	輕重緩急	歡快熱烈	緩慢自然	相諧優美	舒緩平穩	活潑靈動

4. 你喜歡這首歌曲嗎？歌曲給你帶來什麼感受？

? 探究驅動

1. 你認識這些樂器嗎？請寫出它們的名字。

2. 你聽過交響樂嗎？請舉出一兩個作品。
3. 你認為什麼是交響樂？

講解

知識窗

弦樂器組：小提琴、中提琴、大提琴、低音提琴；

木管樂器組：短笛、長笛、單簧管、雙簧管、英國管；

銅管樂器組：小號、圓號、長號、低音號；

打擊樂器組：定音鼓、鑼、三角鐵；

色彩樂器組：鋼琴、豎琴、木琴。

　　在精彩浩淼的音樂世界，交響樂被看作是高雅嚴肅的陽春白雪，讓人望而卻步，覺得很難理解和欣賞。其實，只要掌握基本的欣賞方法，具備基本的音樂知識，就可以欣賞交響樂，獲得美的音樂享受。

　　欣賞交響樂要注意以下幾點：

1. 交響樂有時也稱交響曲，是指由大型管弦樂隊演奏的樂曲。
2. 交響樂一般有五組樂器組：弦樂器組、木管樂器組、銅管樂器組、打擊樂器組和色彩樂器組。也可以根據需要加入其他樂器，如嗩吶、喇叭、二胡等。其中，弦樂器組是整個交響樂團的靈魂。
3. 交響樂或者內涵深刻，具有戲劇性、史詩性、英雄性；或者格調莊重，具有敘事性、描寫性、抒情性。
4. 交響樂一般有嚴謹的結構和豐富的表現手法，能將聽眾帶入音樂意境和想象空間。

在西方音樂史上，交響樂經歷了古典主義、浪漫主義、民族主義、印象主義、現代主義等階段。中國的交響樂創作始於 20 世紀 20 年代，人民音樂家冼星海對其發展有傑出貢獻。在他之後，很多人堅持交響樂創作的民族化方向，大膽吸收、借鑒西方交響樂的創作技巧，寫出了一系列具有較高藝術水準的交響樂作品。小提琴協奏曲《梁祝》便是一部傑出的代表作品。

作家名片

冼星海（1905-1945） 中國著名音樂家

冼星海是一位著名的作曲家、鋼琴家。在抗日戰爭期間，創作了大量的音樂作品，用抗戰樂曲鼓舞人民救國救亡，被譽為「人民音樂家」。代表作有《黃河大合唱》《滿江紅》《中國狂想曲》等。

課文

給小妹的一封信
—— 聽《黃河大合唱》有感

親愛的小妹：

你最近好嗎？

我想告訴你一件令我激動不已的事情。今年元旦，我和一位大學同學在國家大劇院，現場聆聽了冼星海作曲的《黃河大合唱》交響樂！激昂的演奏震撼了我的心靈，讓我熱血沸騰[1]，至今都記憶猶新[2]。我知道你十分喜歡這首曲子，現在就讓我跟你分享這一切吧！

樂曲一開場，熱情、明快、豪放的旋律驚天動地般奏響起來。管樂樂器豪情萬丈地奏出莊嚴的引子[3]，我的眼前立刻出現了勤勞的船夫喊着勞動號子[4]，彎着身軀在氣勢磅礡、波濤洶湧的黃河邊艱苦奮鬥的畫面，彷彿看見了一位皮膚黝黑卻又身材魁梧的老船工引領大家奮力划槳[5]。我被樂曲震撼得喘不過氣來。

[1] 熱血沸騰：比喻激情高漲。

[2] 記憶猶新：某事留在腦海中的印象很深刻，現在都還記得清清楚楚，猶如剛發生一樣。

[3] 引子：樂章的開始。

[4] 勞動號子：是伴隨體力勞動，並且與勞動節奏密切配合的民歌。

[5] 槳：划船的工具。

⑥ 琵琶：中國傳統古典
樂器。
⑦ 竹笛：中國傳統古典
樂器。
⑧ 號角：中國傳統古典
樂器。
⑨ 謳歌：歌頌。
⑩ 頭顱：指腦袋。

接下來，古箏伴着鋼琴主旋律，加上琵琶⑥、竹笛⑦、號角⑧等樂器，協奏出一曲曲更加動人心弦、雄偉壯麗的英雄讚歌。在磅礡恢弘、酣暢淋漓的旋律中，我彷彿看見作曲家冼星海正在高山之巔面對着充滿生命力的黃河 —— 中國的母親河熱情謳歌⑨。中華文明五千年，無數仁人志士為了國家的完整，昂起高貴的頭顱⑩與敵人進行戰鬥。樂曲旋律在高潮處更加雄壯有力，恰如抗戰英雄們的鬥志在越殘酷的時期越堅定高昂。

《黃河大合唱》是冼星海最負盛名的樂曲。其中「風在吼，馬在叫 …… 」部分的輪唱⑪，倍受國人的喜愛，人人會唱樂唱。据歷史記載，當時中華民族正在進行艱苦卓絕的抗日戰爭。樂曲驚濤駭浪般的旋律展示出了中國民眾反抗入侵者的毅力和決心，樂曲鼓舞了整個民族的士氣。

全曲一氣呵成⑫，氣魄雄偉，扣人心弦，令人百聽不厭⑬。樂曲不但描繪了黃河波濤洶湧、氣象萬千的景色，更將黃河的氣勢與中華民族堅毅不屈的精神結合起來，傳唱至今。

⑫ 一氣呵成：一口氣完
成。比喻文章或繪畫
氣勢流暢，首尾貫通。
⑬ 百聽不厭：形容樂曲
或歌曲好聽，使人聽
多少遍也不厭煩。

在中華民族每個重要的時刻，《黃河大合唱》都會響起。在新的一年裏，這段美好回憶會使我更積極昂揚。

希望你能夠從我的描述中感受到當時音樂會現場觀眾的感受，也

希望下次有機會和你一起欣賞你的最愛——《黃河大合唱》！

　　夜深了，下次再繼續聊吧。

　　祝你

新學年學業進步！

你的表哥：大明

2018 年 1 月 2 日

🔍 相關知識

交響曲一般分為四個樂章。

第一樂章：奏鳴曲式，快板。

第二樂章：復三部曲式或變奏曲，慢板。

第三樂章：小步舞曲或諧謔曲，中、快板。

第四樂章：奏鳴曲或迴旋曲式，快板。

第一樂章是整部交響曲作品中最重要的部分，一般是快速的奏鳴曲式，確定整部作品的基調。第二樂章單純親切，速度緩慢，旋律寬廣，富有歌唱性，是全曲的抒情中心。第三樂章是舞曲性樂章，節奏歡快活躍、音樂富於變化，充滿活力。第四樂章通常帶有總結性，結尾的時候要升華，音樂速度比第一樂章還快，充滿民間節日的歡樂氣氛，或者用勝利的頌歌來結束整部交響曲。

✏️ 練習

1. 根據課文內容填寫下表。

參考詞	
藝術形式	樂曲、輪唱、引子、伴奏、合唱、交響樂
使用方法	想象、聯想、對比、誇張、襯托
展現內容	戰爭、壯闊河流、驚濤拍岸、洶湧向前、奮力划槳、反抗精神
表達感情	熱情、明快、豪放、莊嚴、酣暢淋漓、積極昂揚、堅定不移
產生效果	響亮、感染、震撼、驚天動地、百聽不厭、熱血沸騰、動人心弦

樂曲的創作背景：

樂曲的主要內容：

樂曲的基調：

開端描繪的景象：

繼而展開的畫面：

2. 聆聽樂曲《黃河大合唱》，任選其中三個樂章，描述每個樂章的特點。

第 ＿＿ 樂章	
第 ＿＿ 樂章	
第 ＿＿ 樂章	

3. 請寫出你聆聽《黃河大合唱》之後的感受。字數要求：400 字左右。

參考表述

一種 …… 的藝術	使用了 …… 方法	展現了 …… 內容
表達了 …… 情感	產生了 …… 效果	

3.3 中華人民共和國國歌的賞析

探究驅動

聆聽下面的歌曲和樂曲，比較不同的歌曲和樂曲帶給你的感受。

歌曲 / 樂曲	聆听感受
《義勇軍進行曲》	
《送別》	
《藍色多瑙河》	

講解

國歌是由國家規定的代表本國的歌曲，是在嚴肅的、莊重的、正式的場合代表一個主權國家形象和尊嚴的音樂作品。

國歌是表達愛國情感最直接的音樂方式。國歌帶領國民進入一種神聖、莊嚴的境界，感受一種自尊、自強、自豪的情感，加強國民對國家的認同與忠誠，鼓舞國民的鬥志，激發國民為國家與人民奮鬥的精神。

> **小提示**
>
> 國歌的「歌」在英文裏並不是 song，而是 anthem，充滿了宗教式的神聖和虔誠。

作家名片

田漢（1898-1968）　中國現代著名戲劇家

田漢一生創作話劇、歌劇 60 餘部，電影劇本 20 餘部，戲曲劇本 24 部，是中國現代戲劇的奠基人。他還創作了新舊體詩歌近 2000 首，其中包括了中華人民共和國國歌《義勇軍進行曲》的歌詞。代表作有《義勇軍進行曲》《關漢卿》《文成公主》《名優之死》《月光曲》等。

作家名片

聶耳（1912-1935）　中國著名音樂家

聶耳是中國新音樂的先驅，他創作了許多包括電影插曲、流行歌曲在內的民族音樂。他譜曲的《義勇軍進行曲》被確定為中華人民共和國國歌。代表作有《義勇軍進行曲》《畢業歌》《前進歌》《大路歌》《金蛇狂舞》《採茶歌》等。

作品檔案

《義勇軍進行曲》創作於 1935 年，由田漢作詞、聶耳作曲。1949 年中華人民共和國成立時，中國人民政治協商會議第一屆全體會議通過《義勇軍進行曲》為代國歌；1982 年 12 月第五屆全國人民代表大會正式定為國歌；2004 年 3 月寫入憲法。

國歌誕生於中華民族「最危險的時候」，曲調和旋律特點鮮明，雄渾悲壯，聲聲句句都在「發出最後的吼聲」，召喚「不願做奴隸的人們」，踏上抗日戰場進行戰鬥。所以，其速度、力度、節奏、旋律都非一般歌曲可比，人們將它比作「戰鬥的號角」。

課文

義勇軍進行曲

田漢 詞　聶耳 曲

起來！
不願做奴隸❶的人們！
把我們的血肉，築成我們新的長城！
中華民族到了最危險的時候，
每個人被迫着發出最後的吼聲❷。

❶ 奴隸：為奴隸主勞動而沒有人身自由的人，可以被奴隸主任意買賣或殺死。

❷ 吼聲：吼叫聲或大的呼喊聲。

起來！

起來！

起來！

我們萬眾一心[3]，冒着敵人的炮火，

前進！

冒着敵人的炮火，

前進！

前進！

前進！進！

[3] 萬眾一心：大家抱着一個共同的目標，團結一致，努力合作。

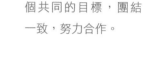 相關知識

　　國歌作為一種社會符號，映射政權的尊嚴和形象，參與塑造國民的精神風貌和民族意志。國歌被確定之後，往往與國旗、國徽的方案一起，被寫進國家的最高法律之中，對其崇高地位和使用權限予以確認和保護。

　　在語言、文字、觀念、歷史、政治、創作背景等因素的影響下，國歌帶有本民族和本地區的音樂素材特徵，歌曲創作反映了特定的歷史，所以國歌反映出文化色彩、民族特色和歷史淵源。

練習

1. 請查找詞作者田漢的有關資料，回答下面的問題。

（1）田漢是一個什麼樣的人？

（2）他是在什麼情境下創作《義勇軍進行曲》的歌詞的？

 小提示

　　在聆聽和賞析國歌之前，可以查找一些有關資料，瞭解國歌的創作背景，如社會和歷史背景、作曲家和作詞家背景等，這些資料有助於深入理解國歌。

2. 請查找曲作者聶耳的有關資料，回答下面的問題。

（1）聶耳是一個什麼樣的人？

（2）他是在什麼情境下為《義勇軍進行曲》譜曲的？

3. 聆聽《義勇軍進行曲》並描述歌曲旋律和節奏的特點。

參考詞						
鏗鏘有力	震耳欲聾	蕩氣迴腸	激越高昂	粗獷熱烈	熱情奔放	豁達悲愴
躍影追風	風馳電掣	瞬息萬變	馬不停蹄	節奏分明	激動歡騰	緊張急促

4. 請判斷歌曲中有哪些樂器？這些樂器有什麼特點？

5. 聆聽歌曲時你感受到了什麼？請從下面幾個方面分析歌曲帶給你的感覺。

參考詞						
威嚴	嚴肅	肅穆	莊重	莊嚴神聖	臨危不懼	浩然正氣
大義凜然	慷慨激昂	英勇悲壯	捨生忘死	誓死捍衛	堅定勇敢	威武不屈
威武雄壯	氣勢磅礡	氣吞山河	倒海移山	過隙白駒	快如閃電	風馳電掣

力度：

速度：

气勢：

风格：

6. 聆聽歌曲時你聯想到了什麼？

7. 歌曲表達了什麼感情？

歌曲聽後感的寫作

探究驅動

請分類填寫你知道的形容歌聲、樂聲的詞語。

形容高音的詞語

形容聽後感覺的詞語

形容低音的詞語

其他歌聲、樂聲的詞語

講解

　　音符、旋律、節奏可以給人們帶來愉快的享受，也可以帶來戰鬥的力量。在和平年代，歌曲是人們美好生活中的甜美吟唱；在戰爭時期，歌曲是人們浴血奮戰時的悲壯吶喊。

　　歌曲聽後感要使用準確的語言、恰當的詞彙和句式，準確地描述聆聽歌曲時自己的所聞、所想、所獲，表達自己對歌曲的看法和評價。

　　在賞析歌曲作品時，不僅要分析歌詞的內容，理解歌曲的意思和情感，還要分析歌曲的音樂特色以及旋律、節奏等造成的藝術效果。

課文

歌曲的力量
——聽《義勇軍進行曲》有感

　　《義勇軍進行曲》誕生於中國遭受日本侵略❶者百般蹂躪❷、國民陷入戰爭苦難的歲月。1935 年 2 月 2 日，田漢作詞、聶耳譜曲，這首

❶ 侵略：指侵犯別國的主權、領土完整及政治獨立。

❷ 蹂躪：踐踏，比喻用暴力欺壓、侮辱和侵害。

❸ 鼓舞人心：振奮人們
的信心，增強人們的
勇氣。

❹ 應運而生：原指順應時
運而產生，後指在適
當時機下出現。

❺ 激昂高亢：振奮激勵，
剛強爽直。

❻ 鏗鏘：形容有節奏而響
亮的聲音。

❼ 短促有力：短暫急促，
但十分有力。

❽ 三連音：三連音是最
常見的連音，在兩拍
中加上三個音符，使
得每個音符長度為 2/3
拍。一長一短的音也
可以為三連音。

❾ 音域：樂器或人聲所能
發出的最低音到最高
音的範圍。

❿ 不脛而走：比喻事物無
需推行，就已迅速地
傳播開去。

⓫ 民族氣概：民族中存有
的正直、豪邁的態度
或氣勢。

⓬ 捐軀：為國家、為正義
而捨棄生命。

⓭ 精神食糧：比喻在精神
生活中不可缺少的文
化產品。

⓮ 廣為傳唱：為大眾所流
傳歌唱。

⓯ 傳唱不衰：一直被傳
頌，永遠不過時。

⓰ 銘記：深深牢記。

⓱ 不屈不撓：不因為受阻
礙而屈服。

⓲ 奮發圖強：振奮精神，
努力自強。

鼓舞人心❸的歌曲應運而生❹。

《義勇軍進行曲》旋律激昂高亢❺，節奏鮮明鏗鏘❻，一字一音貫穿始終，聽起來短促有力❼，振奮人心。三個特殊的三連音❽節奏，增加了歌曲的藝術感染力。整個曲子音域❾只有九度，最高音至 E，人人都可以演唱。這些特點令這首歌不脛而走❿，很快就普及開來。

這是一首令人熱血沸騰的戰歌，歌詞喊出了戰鬥的口號：「起來！」急切地呼喚同胞們起來抗戰，保家衛國。無數熱血青年就是被這喊聲喚醒，踏上了抗日的道路。這是一個鼓舞人心的號角，在中華民族「最危險的時候」，「發出最後的吼聲」，召喚「不願做奴隸的人們」，發揚勇敢無畏的民族氣概⓫，為了民族大義，為了正義和平，勇敢戰鬥。這是一柄激情燃燒的火把，在最艱苦危險的黑暗中，指引萬眾「冒着敵人的炮火，前進！」為了祖國，為了家園，揮灑熱血，獻身捐軀⓬。

《義勇軍進行曲》擔負了救亡救國的使命，是抗戰歲月中國人的精神食糧⓭，為抗戰勝利立下功勞。它不僅起到了喚醒民眾、保家衛國的作用，還伴隨着中國人民迎來了歷史上第一次反抗外來侵略的徹底勝利；它不僅表達了中國人民奮勇不屈的抗爭精神，也抒發了中國人民飽滿的愛國之情；它不僅唱出了中國人民爭取自由解放的決心，也唱出了全世界被壓迫人民爭取自由解放的決心。因此，它被選為二戰勝利曲，在全球廣為傳唱⓮。《義勇軍進行曲》還伴隨了新中國的誕生，1949 年 9 月 27 日成為代國歌，1982 年 12 月 4 日成為中華人民共和國正式國歌。它不僅在抗日戰爭期間廣為流傳，在今天和未來的和平日子裏，也將傳唱不衰⓯。

《義勇軍進行曲》作為中華人民共和國國歌，銘記⓰了國家建立過程中遭遇的艱難憂患，激勵着國民永遠發揚反抗侵略的愛國熱情，傳遞着中華民族不屈不撓⓱的精神，勉勵着炎黃子孫奮發圖強⓲、不斷前進。它體現了民族精神，頌揚了愛國情義，向人們展示了一首國歌具有的威力！

相關知識

寫作歌曲聽後感，需要注意以下幾個方面：

1. 搜集並瞭解歌曲創作的背景資料。包括創作的時代歷史背景、詞作家和曲作家的背景以及當時歌曲傳唱的情況等。
2. 深入理解歌詞意思。不僅要明白歌詞的表面意思，還要理解其內在含義及象徵意義。對一些有民族文化、歷史特色的詞語和意象要解讀分析，準確把握。
3. 掌握一些音樂術語。比如節奏、旋律等概念的具體所指。
4. 使用準確的語言、恰當的詞彙、規範的句式來表達自己的感受和見解。

小提示

　　為了更好地理解作品，要盡可能多查找一些相關的資料。

小提示

　　掌握這些術語概念有助於具體說明歌曲使用的藝術手法。

練習

1. 請概括課文各部分的主要內容。

（1）《義勇軍進行曲》的創作背景：

（2）歌曲獨特的藝術手法：

（3）歌詞的內容與意義：

（4）《義勇軍進行曲》的作用與價值：

（5）《義勇軍進行曲》的影響：

2. 給好朋友寫一封信，告訴他你聽了中國國歌之後的感想。

3. 研究與探討。聆聽法國國歌《馬賽曲》，比較法國國歌和中國國歌在旋律、節奏上的異同。

旋律	
節奏	

第四課　　如何賞析動畫片？

？ 探究驅動

1. 你喜歡看動畫片嗎？你看過哪些動畫片？
2. 你認為哪部動畫片最值得一看？為什麼？請介紹一下這部動畫片。

講解

　　動畫是指使用繪畫的手法創造生命運動的藝術，利用特殊方法使靜止的畫面和物體活動起來。用這種藝術手段製作的影片就是動畫片。按工藝技術，動畫片可以分為：平面手繪動畫、立體拍攝動畫、虛擬生成動畫和真人結合動畫。按傳播媒介，動畫片可以分為：影院動畫、電視動畫、廣告動畫和科教動畫等。

課文

動畫片的自述

　　大家好！先賣個關子，請你猜猜我是誰？說起我的本領，真可謂多不勝數 ❶。多才多藝的我，常在電視裏播放，還是網絡上的常客。成千上萬的小朋友都是我的鐵桿粉絲 ❷ 呢。沒錯，我就是動畫片！

　　在日本大家叫我「動漫」，就是指活動的漫畫；我的洋名叫「卡通」（Cartoon）；在中國人們則稱我為「美術片」。很多人覺得動態的我十分神奇，下面就帶你一一解密我的神奇之處吧。

　　其實製作動畫片很簡單。製作者將人工繪製的多張有連貫性動作的畫面依次拍攝在膠片 ❸ 上（電視上的我則攝錄在磁帶 ❹ 上），再把這一系列只有細微差別而動作連續的畫面，以每秒 24 格的速度連續放映出來，在銀幕上就會出現我活動自如的圖像了。

❶ 多不勝數：數目很多，無法計算。

❷ 鐵桿粉絲：緊緊追隨偶像，對偶像忠心不二的崇拜者和擁護者。

❸ 膠片：塗有感光藥膜的攝影底片。

❹ 磁帶：塗有磁性粉末的彈性膠帶，用來記錄聲音、影像等。

之所以說我本領大，是因為我集合了繪畫、電影、數字媒體、攝影、音樂、文學等眾多好朋友的本領於一身，所以大家都尊稱我為「綜合藝術家」。

我還像孫悟空一樣，有「72 變」。既可以對各種真人實物進行逼真[5]的虛擬，又可以把動物、景物、器物進行擬人處理，還可以達到現實場景難以表達的誇張效果。哈哈，是不是很神奇？

我最擅長[6]的是用繪畫的方法細緻地表現角色的每個動作。一般來說，一部 10 分鐘的動畫短片，片長約 900 英尺，包含 1.44 萬格畫面。以每幅圖畫拍攝 2 格計算，大約要繪製 7 千多幅圖畫。一部 90 分鐘的動畫長片，則要繪製 6 萬多幅圖畫，需要幾十個畫家為我工作一兩年。有的時候，我需要保持某種特定的風格，如水墨[7]動畫《小蝌蚪找媽媽》、剪紙[8]動畫《豬八戒吃西瓜》、木偶動畫《神筆》等，製作起來就更加艱巨不易了。

怎麼樣，你現在對我有更深入的瞭解了吧？那就把我當作你形影不離[9]的好朋友，我一定會讓你的生活絢麗多彩[10]。

[5] 逼真：就像真的一樣。
[6] 擅長：在某方面有特長。
[7] 水墨：這裏是水墨畫的簡稱。
[8] 剪紙：中國傳統民間藝術，運用不同的剪貼和摺疊方法，把紙剪出各種花樣。
[9] 形影不離：形容關係親密，無時無處都在一起。
[10] 絢麗多彩：形容色彩華麗。

相關知識

動畫片是製作成影片的動畫，綜合了文學、戲劇、音樂、繪畫、電影等眾多藝術形式。動畫片在製作前先要有文學劇本，比如《大鬧天宮》和《鐵扇公主》改編自《西遊記》、《哪吒鬧海》改編自《封神榜》。動畫片依靠繪畫手法中點線面的勾勒、形與色的表達、構圖的設計帶給觀眾視覺享受。動畫片也離不開悅耳動聽的音樂，以聲傳情，引導觀眾的聯想與想象，加深觀眾對動畫片的理解。動畫片還藉助電影的表現手法，運用蒙太奇技術、鏡頭推拉等產生獨特的藝術效果。

小提示

動畫藝術源於 19 世紀上半葉的英國，興盛於美國。中國動畫起源於 20 世紀 20 年代。

練習

1. 根據課文概括一下動畫片是怎樣製作出來的。

2. 上網觀看有關動畫片製作的視頻節目，寫出製作的主要步驟。

3. 動畫片綜合運用了哪些藝術形式？分析一下它們分別起到了什麼作用？

4. 以小組為單位，上網查找水墨動畫、剪紙動畫和木偶動畫的資料，以 PPT 的形式在課堂上展示。

觀看動畫電影《西遊記之大聖歸來》，小組討論這部影片獲得諸多項獎的原因，記下討論的要點。

📖 講解

看動畫片不只是看故事，也要看色彩、服裝造型、場景和道具設計，還要關注影片中的音樂，這樣才可以更好地全面理解和欣賞動畫片。

色彩是動畫片的重要視覺語言，每部成功的動畫片都離不開色彩的巧妙運用，色彩可以給觀眾帶來強烈的視覺衝擊。

服裝造型不僅能體現人物身份和性格特徵，也能展現動畫片的時代背景、故事題材、作品風格，是用來塑造人物形象的有力工具。

場景和道具可以交代故事發生的背景與時代，也可以對情節的發展加以渲染烘托。

動畫音樂是動畫片的重要組成部分。動畫音樂包括場景音樂、畫面配樂、畫外配樂、影片插曲等。

📖 課文

音樂在動畫片中的作用

音樂是動畫片的重要組成部分，恰到好處的音樂能成為動畫片的點睛之筆❶。畫面與音樂完美地結合❷在一起，可以渲染氣氛、加強

❶ 點睛之筆：指文章的傳神絕妙之處。

❷ 結合：事物之間發生密切聯繫。

3 戲劇性：事物所具有
的像戲劇情節那樣曲
折、突如其來或激動
人心的性質。

4 抑揚起伏：指音調有節
奏地高低起落。

5 場景音樂：指在某單一
場景中使用的音樂。

6 審美愉悅：人類領會事
物或藝術的美並感到
快樂、喜悅。

7 塑造：用語言文字等藝
術手段表現人物形象。

8 懶散笨拙：懶惰散漫，
動作不靈巧。

9 聰明調皮：智商高，但
是好動、頑皮。

10 滑音：一個音向上或向
下滑到另一個音的演
唱和演奏方法。

11 木魚：外表像魚的佛教
法器。

12 跌宕起伏：富於變化，
有頓挫波折。形容事
物多變、不穩定，也
比喻音調忽高忽低。

13 主觀情緒：由主觀感官
引起的情緒。

14 主題寓意：作品中心思
想寄託或蘊含的意思。

15 異常：非常，特別。

戲劇性 3，表達作品情節，引發觀眾的情感共鳴等。觀眾也可以通過音樂的抑揚起伏 4 和快慢變化來理解角色形象，感受創作者想要傳達的情感信息。

音樂可以渲染氣氛。當動畫片的主人公遇到危險時，音樂節奏加快，觀眾也會變得緊張，彷彿和主人公有相同的感受；當主人公開心時，歡快的音樂會讓觀眾也跟着開心起來。旋律和節奏完美組合的場景音樂 5 可以讓觀眾產生身心的審美愉悅 6 感。

音樂可以突出人物的性格特點和心理狀態。比如動畫片《貓和老鼠》就通過不同的節奏和音色來塑造 7 角色，懶散笨拙 8 的湯姆搭配緩慢低沉的音樂，聰明調皮 9 的傑瑞搭配輕盈歡快的節奏。作品用急速的鋼琴聲表現貓和老鼠追逐的急促，給觀眾留下了深刻印象。又如《三個和尚》中矮個子和尚看見剛到寺廟的高個子和尚去挑水時，用歡快的音樂表現他內心的愉悅；寺廟失火時，急促的音樂讓觀眾對三個和尚的焦慮和恐慌感同身受。作品還用滑音 10 來描繪和尚摔倒的聲音，用木魚 11 聲來表現和尚走路的聲音。各種聲音的巧妙配合，有效地突出了人物的性格。

音樂可以表達作品情節，突出作品主題。音樂的跌宕起伏 12 把畫面節奏渲染得更加鮮明、強烈，可以抒寫角色的內心，預示情節的變化，表達創作者的主觀情緒 13，從而突出主題寓意 14，產生異常 15 的藝

術效果。迪士尼動畫片中的歌曲有自述獨白式、合唱式和旁白式，如《花木蘭》中，木蘭去見媒婆的前夕，影片以獨唱、重唱、合唱的方式唱出歌曲《榮譽》，樂聲緊密地配合人物動作節奏，表達了木蘭惴惴不安[16]的心情。相親失敗後，木蘭的內心獨白是以歌聲《自己》來敘述的，抒發出木蘭內心的情感，感人而充滿詩意。為配合劇情，影片的作曲還運用了中國的民間小調[17]，使用了笛子[18]、二胡[19]、古箏[20]等中國民族樂器。

　　綜上所述，對於一部好的動畫片來說，音樂的選擇是非常重要的。只有音樂與畫面相互融合，才能讓整部動畫片呈現更好的效果。音樂在動畫片中起着非常重要的作用，給動畫片注入了第二次生命。

🔍 相關知識

　　動畫片的器樂和聲樂扮演着重要的角色，起着抒發感情、豐富情節、展現環境、營造氣氛等作用。有了音樂元素，動畫片就有了豐富的色彩，有了不同的風格和獨特的情調。

　　動畫音樂要符合以下要求：

1. 要符合時代背景。

2. 要符合民族特色。

3. 要符合作品的主題寓意。

4. 要符合人物性格與形象。

✏️ 練習

1. 請根據課文內容說說音樂可以對整部動畫片起到什麼作用？

[16] 惴惴不安：因恐懼擔憂而心神不定。形容又發愁又害怕的樣子。

[17] 民間小調：一種流傳於城鎮集市的民間歌舞小曲。

[18] 笛子：以竹做成，上有孔洞的管樂器。

[19] 二胡：胡琴的一種，琴筒用竹木做成，有兩根弦，聲音低沉圓潤的中國弓弦樂器。

[20] 古箏：中國傳統彈撥樂器，外形為木製長方形音箱，板面成弧狀。

2. 請聆聽動畫片《寶蓮燈》的片尾曲《愛就一個字》，回答下面的問題。

（1）仔細體會歌詞的意思，感受歌曲傳達的感情，寫出你的聆聽感受。

（2）想象你是動畫片主角，你認為這首歌有沒有傳達出你的感受？為什麼？

（3）你認為觀眾是不是可以通過歌曲瞭解角色的性格特點？請舉例說明。

（4）歌曲突出了作品什麼主題寓意？

（5）討論分析。如果沒有這首片尾曲，動畫片的效果會受到哪些影響？請舉例說明，至少說出三個方面。

中國動畫片的特點

❓ 探究驅動

請上網查找一個中國動畫片廣告／海報／宣傳片，並和同學們分享。

📖 講解

　　中國動畫片從中國傳統文化與道德觀念中汲取營養，不少取材於歷史故事、神話傳說、寓言故事等，還恰到好處地運用了民族音樂。在色彩、服裝造型以及場景和道具的設計上，也體現了中國傳統文化元素。如《哪吒鬧海》不僅在畫面和角色設計上獨具中國特色，而且配樂也運用了中國傳統樂器——編鐘，渾厚的音色不僅給動畫增添了悲壯感，還增添了濃濃的民族氣息。《小蝌蚪找媽媽》則採用了中國傳統的水墨畫來製作，形成了意境虛實夢幻、畫面空靈優美的效果。

國產動畫名片榜

1.《豬八戒吃西瓜》（1958）：中國第一部剪紙動畫片。採用皮影戲和窗花藝術，富有鮮明的民間藝術特色，使中國的民間傳統藝術得到發揚。

2.《小蝌蚪找媽媽》（1960）：中國第一部水墨動畫片，取材自畫家齊白石創作的魚蝦形象。畫面靈動，如詩般的意境給人以美的享受。

3.《大鬧天宮》（1961-1964）：取材於家喻戶曉的孫悟空的故事。在造型、設景、用色等方面借鑒了古代繪畫、廟堂藝術、民間年畫的特色，融入了中國傳統戲曲表演藝術，具有鮮明的中國文化元素和民族風格，是中國動畫史上的豐碑。

4.《哪吒鬧海》（1979）：中國第一部大型彩色寬銀幕動畫長片，很好地體現了民族風格。因其色彩鮮艷、風格雅致、想象豐富，在國內外各大電影節上獲得諸多獎項。

5.《金猴降妖》（1985）：在表現手法上將傳統的民族風格、抽象的繪畫手法和現代音樂相融合，探索民族藝術的新發展。

6.《寶蓮燈》（1999）：故事取材於中國民間傳說。在畫面、人物造型上都精心設計，音樂製作極為考究，現代高科技的運用也為影片增色不少，給人耳目一新之感。

7.《桃花源記》（2006）：根據陶淵明筆下的同名故事《桃花源記》改編，融匯了木偶、皮影、剪紙、水墨畫等諸多中國風元素，榮獲 2006 年「美猴獎」最佳短片。

8.《西遊記之大聖歸來》（2015）：根據中國傳統神話故事《西遊記》進行拓展和演繹的 3D 動畫電影。影片獲得第 30 屆中國電影金雞獎最佳美術片獎和第 16 屆中國電影華表獎优秀故事獎，當之無愧為 2015 年度國內最佳動畫。

9.《大魚海棠》（2016）：電影取材於《莊子·逍遙遊》《山海經》《搜神記》等中國古書，並融合了「女媧補天」等中國上古神話元素。2017 年 12 月 3 日榮獲第 15 屆布達佩斯國際動畫電影節最佳動畫長篇獎。

新片預告：動畫片《三個和尚》即將上映

片名：《三個和尚》

主角：小和尚、胖和尚、瘦和尚

導演：徐景達、馬克宣

類型：動畫片

片長：20 分鐘

「一個和尚挑水吃，兩個和尚抬水吃，三個和尚沒水吃」本是中國的一則民諺。動畫片《三個和尚》用生動的故事，把這個民諺的寓意升華❶，揭示了只要團結合作就能戰勝困難、贏得美好生活的主題。

動畫片沒有人物對話，沒有畫外旁白，利用音樂的語言、角色的表演來展現故事情節。三個和尚的造型樸拙❷可愛，幽默有趣。色彩明艷美麗，結構嚴謹規範❸，音樂特色突出：清脆的木魚聲與戲曲❹曲調營造出了輕鬆活潑、情趣盎然❺、浪漫與現實相結合的氣氛。本片把中國傳統的水墨山水畫❻和西方動漫的表現手法融為一體，把深刻的人生哲理借活潑有趣的情景傳遞給觀眾，寓教於樂❼，使人在享受愉悅的同時，受到美的熏陶❽。

機不可失，快約好朋友一起欣賞吧！

❶ 升華：比喻事物的提高和精練。

❷ 樸拙：質樸，純真敦厚。

❸ 嚴謹規範：結構嚴密，符合規定。

❹ 戲曲：中國傳統戲劇形式，綜合文學、音樂、舞蹈、武術等藝術，由演員以歌舞、動作、對白演出故事。

❺ 情趣盎然：形容興趣濃厚的樣子。情趣指興趣，盎然指氣氛、趣味洋溢的樣子。

❻ 水墨山水畫：中國畫的一個分支，用水墨畫成，以描繪山川自然景色為主體。

❼ 寓教於樂：把教育跟娛樂融為一體，使人在娛樂中受到教育。

❽ 熏陶：因長期接觸某人、某事而使人在生活習慣、思想行為、品行學問等方面逐漸得到好的影響。

🔍 相關知識

　　色彩可以塑造角色形象。在角色造型中，服飾、髮飾的色彩對突出人物氣質與性格特徵有重要的作用。在《三個和尚》中，三個和尚不同色彩的衣服突出了角色不同的性格特點：藍色展現冷靜與智慧，紅色表現熱情與活力，黃色反映單純與急躁。

　　色彩可以表現人物心理。每種色彩都有特定的象徵意義，與人物的心理、情緒等有密切聯繫。在《花木蘭》中，木蘭替父從軍和父母道別時，烏雲密佈，昏暗的色彩很好地表現了木蘭痛苦、悲傷的感情。

　　色彩可以吸引觀眾視線，調動觀眾情緒。動畫片依據劇情時代背景、地區、時間的需要，採用極其豐富的、高度概括的、多樣統一的或極其誇張的色彩來豐富觀眾的視覺感知。如《大鬧天宮》豐富艷麗的色彩給人昂揚高亢的感受。

　　中國傳統文化對動畫色彩的使用有很大影響。動畫片常常借鑒戲曲臉譜、水墨畫、傳統年畫的色彩搭配，具有濃郁的民族特色。《小蝌蚪找媽媽》充分展示了我國水墨畫色彩，使整個畫面樸素自然、蘊涵豐富。

　　場景中的道具指場景中陳列擺設的物品，如沙發、桌椅、家電、掛件等。場景中的道具和角色的性格、身份密切相關，不僅關係到影片的呈現效果和風格特色，還起到敘述故事情節的作用。

　　動畫角色的道具指角色表演時配備的物件，如《西遊記》中孫悟空的金箍棒、豬八戒的釘耙、沙和尚的月牙鏟等。這些道具是角色最直接的標誌，可以刻劃角色形象，體現角色身份地位，突出角色心理活動，表現角色性格與情緒等。

　　動畫片角色的塑造離不開服裝造型的設計。服裝的款式造型、色彩搭配，可以有效地刻劃角色的社會地位、職業、個性、生活習慣、民族文化的特點，深化角色性格。動畫片中的服裝有標明角色的身份、地位、職業的作用，通過角色的服飾，帶給觀眾重要的角色信息，使觀眾多方面地瞭解角色。如《花木蘭》中木蘭女扮男裝的服飾，除了起到偽裝性別的作用外，還表現出木蘭的性格特點。

　　另外，動畫人物的服飾可以增加影片的美感。漂亮的服裝樣式和炫目的顏色，為角色添光增彩，使鏡頭畫面更加動人，使故事情節更有趣味。在《三個和尚》中，三個角色不同顏色的服裝體現出角色的不同個性，給觀眾不同的情緒感受，同時也使角色在畫面中更加突出，與環境、道具形成了鮮明對比。

1. 課文介紹了動畫片《三個和尚》哪些突出的特點？

2. 這部動畫片適合哪些觀眾觀看？為什麼？

3. 你被這個廣告吸引了嗎？為什麼？

4. 請觀看動畫片《三個和尚》，並說說你的感受。你最喜歡動畫片的哪個部分？

5. 這部動畫片體現了哪些中國傳統文化元素和民族風格特色？請填寫下表。

故事題材	
音樂	
色彩	
服裝造型	
場景和道具設計	

6. 觀看動畫電影《西遊記之大聖歸來》，並為其寫一個廣告。

電影簡介：

《西遊記之大聖歸來》採用了獨特的呈現視角和敘述手法。電影巧妙地借《西遊記》之名編寫了新故事。影片講述了已於五行山下寂寞沉潛了五百年的孫悟空被兒時的唐僧 —— 俗名江流兒的小和尚誤打誤撞地解除了封印，在相互陪伴的冒險之旅中，孫悟空找回了初心。電影在配樂上也下了很大功夫，由《功夫》的音樂總監黃英華配樂，由新加坡女歌手陳潔儀演唱主題曲。

4.4 動畫片觀後感的寫作

小提示

　　諺語也稱作民諺，流傳於民間，是勞動人民在生活實踐中總結出來的經驗道理，表現了特定的文化觀念和人生態度。

❓ 探究驅動

1. 你知道哪些民間諺語？

2. 請朗讀下面的民間諺語，並說出意思。

（1）一份耕耘，一份收穫。

（2）天下無難事，只怕有心人。

（3）便宜沒好貨，好貨不便宜。

（4）冰凍三尺，非一日之寒。

（5）不經一事，不長一智。

（6）耳聽為虛，眼見為實。

（7）不入虎穴，焉得虎子。

📖 講解

　　寫好動畫片觀後感首先要理解動畫片的內容。一方面，要準確理解動畫片的文化意蘊，這有助於加深對動畫片主題觀點和藝術特色的把握。另一方面，要一邊觀看一邊思考動畫片是如何講這個故事的。還要有目的地做一些記錄，如：

> 看到的畫面：色彩、服裝造型、場景和道具
>
> 聽到的聲音：音樂、節奏、旋律
>
> 故事的發展：開頭、發展、結尾
>
> 人物的特點：形象、動作、性格

　　然後，要對文章的結構進行組織安排。

　　最後，要選用恰當的詞語完成寫作，準確表達自己的看法和情感。

課文

《三個和尚》觀後感

　　帶着愉悅的心情，星期天我跟爸爸媽媽在家裏看了動畫片《三個和尚》。我彷彿回到了無憂無慮的童年。

　　故事一開始就把我吸引住了：畫面上映出「一個和尚挑水吃，兩個和尚抬水吃」的字樣。當映出「三個和尚」四個大字時，木魚聲停止了。我很納悶❶：「三個和尚怎麼了？」

❶ 納悶：疑惑不解。

　　看下去才知道，原來三個和尚在一起，反而沒水喝了，為什麼呢？瞧，一個和尚沒有依靠，當然要去挑水了。又來了一個和尚，他倆斤斤計較❷，誰也不想出力，只好一起去抬水。當再來個和尚時，三個人更是互相推脫❸，寧肯坐着，也不去挑水。他們吃東西時想喝水，可是因為大家誰都不願意去挑水，缸裏當然也就沒有水。這樣的情況一直持續到晚上。

❷ 斤斤計較：比喻非常在意得失或總是把注意力放在很小的事情上。

❸ 推脫：推卸，推辭。

　　夜晚，正當大家昏昏欲睡時，一隻淘氣的小老鼠咬斷了正在燃燒的蠟燭。頓時，寺廟裏燃起了大火！這下，三個和尚慌了神兒❹，想要救火，但水缸中一滴水都沒有。眼見火燒得越來越大，他們再也顧不得計較，都爭着去挑水。

❹ 慌神：慌亂，慌張。

　　他們齊心協力❺，終於撲滅了大火。經過這次教訓，他們再也不敢這麼自私自利❻了，而是開始共同合作。俗話說：「兄弟同心，其利斷金。」❼他們三個人一起想出了好辦法 —— 在山上用滑輪提水。這樣省力又省心❽，再也不愁沒水喝了！

❺ 齊心協力：團結一致達成共同的目標。

❻ 自私自利：只顧自己的私利而不顧及他人。

❼ 兄弟同心，其利斷金：比喻只要大家一條心，就能發揮很大的力量。

❽ 省心：不費心，少操心。

　　這部動畫片沒有人物對白，通過音樂和人物的動作講述了一個既簡單又有趣的小故事，告訴我們應該克服自私自利的負面思想，認識互相合作、互相幫助的重要性。

　　將來我有了孩子，也會讓我的孩子看這部動畫片，相信我的孩子一定會喜歡的！

173

相關知識

動畫片的觀後感一般包括三個部分：

第一部分：介紹觀看動畫片的時間、地點、人物。

第二部分：簡述作品的主要內容。

第三部分：總結產生的感受及聯想。

練習

1. 根據課文內容填寫下表。

《三個和尚》觀後感		
看動畫片的	時　間	
	地　點	
	人　物	
動畫片的	主要內容	
作者的	感　受	
	聯　想	

2. 請舉例說明你讀完這篇觀後感的收穫。

我明白了：

我學會了：

我可以做到：

3. 觀看動畫片《猴子撈月》並回答下面的問題。

（1）請邊看邊做記錄。

看到的畫面：

聽到的聲音：

故事的發展：

人物的特點：

（2）寫出觀後感的內容要點。

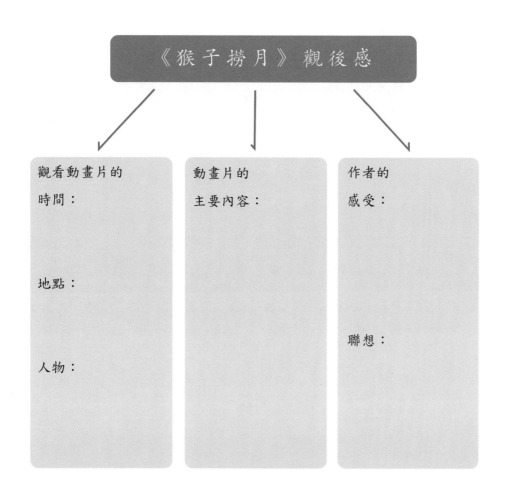

（3）整理以上內容，寫出完整的觀後感。要求：文章結構合理，詞語使用恰當，
　　400 字以上。

4. 創意活動。請以小組為單位，給《猴子撈月》中的角色加上對白，進行配音表演。

角色	身份	場合	語氣	語調	台詞

A 單元核心概念理解

從讀後感、觀後感和聽後感的角度來理解本單元的核心概念 —— 觀點。

我發現：

- 不同文體具有 _____ 觀點；
- 不同作品展示出 _____ 觀點；
- 不同文本的語言形式，運用 _____ 方法，可以表達出 _____ 的觀點；
- 不同文化和時代背景的作品，表達出 _____ 的觀點；
- 不同的觀賞者在觀看作品時具有 _____ 的觀點；
- 我學會了寫作 _____ 來表達自己對 _____ 的觀點；
- 所以，我對「觀點」這個概念有了 _____ 的理解。我覺得這個概念也可以幫助我理解 _____ 的問題。

B 單元學習內容理解

1. 這個單元的主要內容是什麼？

2. 你學會了什麼？你認為學到的東西有什麼用處？

3. 在這個單元的學習中，你最大的收穫是什麼？

4. 在這個單元的學習中，你遇到了哪些問題？解決了嗎？是如何解決的？

5. 這個單元你最喜歡的作品是哪篇？為什麼？

視覺形象設計　靳劉高創意策略
責任編輯　　常家悅
書籍設計　　任媛媛
排　　版　　陳先英

書　　名　**國際文憑中學項目語言與文學課本一**（繁體版）

　　　　　IBMYP Language and Literature Textbook 1(Traditional Character Version)

主　　編　董寧

編　　者　董寧　賴彥怡　黃晨　牛毅

出　　版　三聯書店（香港）有限公司

　　　　　香港北角英皇道 499 號北角工業大廈 20 樓

　　　　　Joint Publishing (H.K.) Co., Ltd.

　　　　　20/F., North Point Industrial Building,

　　　　　499 King's Road, North Point, Hong Kong

發　　行　香港聯合書刊物流有限公司

　　　　　香港新界荃灣德士古道 220-248 號 16 樓

印　　刷　寶華數碼印刷有限公司

　　　　　香港柴灣吉勝街 45 號 4 樓 A 室

版　　次　2018 年 6 月香港第一版第一次印刷

　　　　　2021 年 2 月香港第一版第二次印刷

規　　格　大 16 開（215 x 278mm）184 面

國際書號　ISBN 978-962-04-4209-4

　　　　　©2018 Joint Publishing (H.K.) Co., Ltd.

　　　　　Published & Printed in Hong Kong

　　　　　封面圖片 © 站酷海洛

　　　　　內文插圖 © 微圖網、站酷海洛

　　　　　本書引用的部分文字作品稿酬已委託中國文字著作權協會轉付，敬請相關
　　　　　著作權人聯繫：86-010-65978917，wenzhuxie@126.com；或者與本社聯繫：
　　　　　publish@jointpublishing.com。